U0094224

大家美育课

《红楼梦》的意蕴

叶 朗 顾春芳
—主编—

译林出版社

《〈红楼梦〉的意蕴》编委会

（以姓氏拼音为序）

顾春芳　刘勇强　叶　朗　张庆善

主编序

叶　朗　顾春芳

我们的时代对人才的培养提出了更高的要求。

习近平总书记在一次座谈会上引用了恩格斯的一段话。恩格斯说，文艺复兴是"一个需要巨人而且产生了巨人——在思维能力、热情和性格方面，在多才多艺和学识渊博方面的巨人的时代"。[1]恩格斯的这句话对我们当今的人才培养非常有启发。我们谈人才，一般只重视知识的灌输、技能的训练，而忽视心灵的教化和人格的培养，不注重引导青少年去寻求人生的意义和价值。而恩格斯谈人才，首先是说"思维能力"，接着说"热情和性格"，然后是"多才多艺和学识渊博"，这就对我们的人才培养提出了极高的要求，同时也使我们的眼光从专业知识和技能的遮蔽中解放出来。

21世纪的人才培养，要注重精神、性格、胸襟、涵养等方面的要求。我们需要的人才，应该有着高尚的人格、完满的人性、审美的心

1　《习近平在文艺工作座谈会上的讲话》，载《人民日报》2015年10月15日02版。

胸、良好的修养,是身心和谐、全面发展的人。这样的人才,不仅具有高层次的想象力和创造力,而且具有广阔的眼界和胸襟,致力于追求一种更有意义、更有价值和更有情趣的人生,致力于追求人生的神圣价值。

美育是灵性的教育,不是技能的教育。康德认为审美可以把人从各种现实的功利束缚中解放出来,成为一个真正的人。席勒继承和发展了康德的思想,他进一步认为只有"审美的人"才是"自由的人""完全的人"。法兰克福学派把艺术的救赎与反对"异化"、反对"单向度的人"以及人对自我解放的追求更加紧密地联系在一起。海德格尔更是倡导人要回到具体的生活世界,"诗意地栖居"在大地上,回到一种"本真状态",达到"澄明之境",从而领悟万物一体的智慧。

一个真正有审美意识的人,一个伟大的诗人,都是最真挚的人,审美意识使他们成为最高尚、最正直、最道德、最自由的人。个人自由的实质,就是如何一步一步超越外在束缚、提升精神境界的问题。如果每个人的精神境界都逐步得到了提高,整个社会的自由度也必将得到提升。马克思在《共产党宣言》中说,更美好的世界,"将是这样一个联合体,在那里,每个人的自由发展是一切人的自由发展的条件"。[1]可见,个人境界的提高,不仅仅是个人的问题,也关涉整个社会的发展。

美育是给人希望和意义的教育。美育不只是教人知识,更是要教人生活,体验人生的意义和价值,提升人在审美中超越有限把握整体的能力,涵养高尚的心灵和行为,培养超凡脱俗的精神气质。这既

---

1 《马克思恩格斯选集》,中共中央马克思恩格斯列宁斯大林著作编译局编译,人民出版社1995年版,第294页。

是审美的培育，也是德性的培育。唯有美的感悟，才能变换人的心地，变换心地才能变换气格，变换气格才能提升境界。从这个角度来说，美育和人文艺术教育对人才培养有着非常重要的作用。

中华美育精神把塑造"心灵美"放在首位。美育的内涵，应该超出知识的传授和技能的传授，它的目标是引发心灵的自由和创造，引发心灵的净化和升华，养成和谐的人格和完满的人性。这就是孔子说的"诗可以兴"。"兴"，按照王夫之的阐释，就是生命力和创造力的勃发，就是灵魂的觉醒，就是对人的精神从总体上产生一种感发、激励和升华的作用，使人成为一个有志气、有见识、有作为的人，一个心胸广阔、朝气蓬勃的人，从而上升到豪杰、圣贤的境界。心灵美、精神美，本质上是一种爱，是对生命的爱，对人生的爱，对父母师长的爱，对花鸟草木的爱，对祖国山河、人类文化、宇宙万物的爱。这种爱，造就了精神的崇高。

美育是立德树人的重要载体。它通过审美的和艺术的方式引领青少年弘扬社会主义核心价值观，引导他们树立正确的历史观、民族观、国家观、文化观，增强文化自觉，坚定文化自信，陶冶高尚情操，塑造美好心灵，为青少年的人生打下一个美好的底子。美育应该立足于传承中华优秀文化传统，植根于中华文化和人类文化的丰富土壤。美育应该突出经典教育，在教学中注重介绍文化经典和艺术大师。弗·梅林在《马克思传》中引用拉法格的话说，马克思"始终是古希腊作家的忠实的读者，而他恨不得把当时的那些教唆工人去反对古典文化的卑鄙小人挥鞭赶出学术的殿堂"。[1]我们要传承马克思主义

1　[德国]弗·梅林：《马克思传》，樊集、持平译，人民出版社1965年版，第622页。

创始人的思想传统,使我们的青少年阅读经典、熟悉经典、欣赏经典、热爱经典。经典的作用不可替代,经典的地位不可动摇。

国家建设和社会发展要求我们全面加强和改进学校美育,坚持以美育人、以文化人,提高学生审美和人文素养。美育的功能重新定义了21世纪人才的内涵。随着电子工业、信息技术、传媒娱乐、生物工程、文化产业等新经济形态的迅猛发展,需要源源不断地为新的产业输送心智活泼、具有高度创造力的人才。世界范围内,凡是需要创造性地解决问题的领域,均需要提高人的文化修养和美学修养。爱因斯坦曾指出,科学的最高发现往往不是依靠逻辑,而是依靠直觉和想象力。这种直觉和想象力就来源于审美的性灵中合乎自然的心理秩序和合乎造化的宇宙体悟。个人境界的提高不仅仅是个人和社会的问题,也关涉整个国民素质的发展以及国家的未来。我们编写这套丛书的目标是推动美育的改革与提升,以心灵教育、人生教育、人格教育为核心,培养健康的审美趣味,提升人生的境界。

这套大学美育课程和配套读物的建设前后历时七年,倾注了许多一流学者的心血,突出了心灵教育、人格教育、人生教育,突出了中华文化教育,突出了艺术经典教育,突出了美育的实践性、创造性、体验性,突出了提升人生境界的目标,融汇了全面发展的教育目标。我们倡导开放性、沉浸式和实践性相结合的教学模式。为了进一步推动东西部学校教育资源的公平,这套丛书的内容采取同步共享优质在线课堂资源的方式,在互联网平台共享美育的实践和成果。希望这套丛书可以为青少年提供充盈的精神滋养,培养他们的精神品格、道德修养、思想境界、审美水平和创造能力,培养德智体美劳全面发展的社会主义建设者和接班人。

目　录

第 一 章　曹雪芹的生平和《红楼梦》的创作　/ 孙　逊　...001

第 二 章　《红楼梦》的成书、版本与流传　/ 潘建国　...016

第 三 章　《红楼梦》的意蕴　/ 叶　朗　...029

第 四 章　今古未有之一人——贾宝玉　/ 李鹏飞　...047

第 五 章　王熙凤形象鉴赏　/ 张庆善　...066

第 六 章　《红楼梦》中的丫鬟　/ 苗怀明　...091

第 七 章　《红楼梦》与戏曲传奇　/ 顾春芳　...107

第 八 章　《红楼梦》的心理描写　/ 刘勇强　...131

第 九 章　《红楼梦》的语言艺术　/ 曹立波　...153

第 十 章　红学的贡献　/ 陈维昭　...168

第十一章　走向世界的《红楼梦》　/ 胡文彬　...181

第一章 曹雪芹的生平和《红楼梦》的创作

孙 逊

上海师范大学教授

一、曹雪芹的家族世系

1. 曹雪芹的家族史

在中国小说史上,《红楼梦》是一部非常独特的、以作者亲身经历过的生活作为创作基础的现实主义巨著。因此,了解作者的家世生平,对于我们深刻理解《红楼梦》尤其有着特殊的意义。

就如同《红楼梦》所写的贾府一样,曹雪芹出身于一个"世代簪缨之族"。

说到家族世系,我们通常是查看三代,这次我们追溯得更远一点,看到他的始祖叫曹锡远,他的高祖叫曹振彦。曹振彦养了两个儿子,大儿子叫曹尔正,是曹雪芹的伯曾祖;二儿子叫曹玺,也就是曹雪芹的曾祖。曹玺又养了两个儿子,大儿子叫曹寅,是曹雪芹的祖父;二儿子叫曹荃,是曹雪芹的叔祖父。曹寅有两个女儿、两个儿子。两个女儿嫁人了,其中一个儿子早夭,另有一个儿子叫曹颙。曹荃有四个儿子，其中我们特别要注意的是他第四个儿子曹頫。现在通行的研究成果一般认为曹雪芹或者是曹颙的遗腹子，或者是曹頫的儿子。

在以上世系表里面，曹雪芹的始祖叫曹锡远，他是"正白旗包衣"（《五庆堂曹氏宗谱》）。"包衣"在满语里的意思就是奴才。"从龙入关，归内务府正白旗"（《八旗满洲氏族通谱》）——所谓"从龙入关"就是跟随清朝的帝王进了山海关，入主中原；"归内务府正白旗"，这里的正白旗，就属于满族的八旗编制。他是属于八旗当中的正白旗的包衣奴才。

清兵入关以前，曹雪芹的高祖曹振彦在东北地区任教官，后扈从入关，一直做到了浙江盐法道。辽阳博物馆存有两块天聪四年的石碑，上面均刻着曹振彦的名字，指明其官职是教官。《清太宗实录》里著录其为"多尔衮旗（属）下的旗鼓牛录章京"。"旗鼓牛录章京"为满族八旗组织当中的中下级军官，多尔衮正好就是正白旗的旗主。

所以从上面可以知道，曹雪芹的始祖和高祖都是多尔衮属下的正白旗包衣和中下级军官，他们跟随多尔衮转战沙场，在清兵入主中原的战争中立下了汗马功劳，成为"从龙入关"的勋臣，从而开启了曹家"赫赫扬扬，将近百年"的家族兴盛史。

曹雪芹的曾祖曹玺因为祖上的军功，被康熙皇帝"拔入内廷担任二等侍卫，管銮仪事，升内工部"，开启了曹家的织造世家生涯，以及"秦淮风月忆繁华"的难忘岁月。曹玺的妻子孙氏，为康熙皇帝幼时的乳母。康熙三十八年，皇帝第三次南巡，曾亲自接见孙氏，称其为"此吾家老人也"，并赐给她"萱瑞堂"三个大字。

曹雪芹的祖父曹寅从小是康熙皇帝的伴读，和曹玺一样，担任了御前二等侍卫兼正白旗的旗鼓佐领，多次随驾巡视京畿塞北。曹玺死后，曹寅先是于康熙二十九年到康熙三十一年担任苏州织造府织造，后又于康熙三十二年到康熙五十一年改任江宁织造府织造，直到他去世。和他父亲一样，曹寅先后担任江南地区的织造达二十一年，其间他四次接驾康熙皇帝南巡，是曹家最得皇帝宠幸的一位。同时曹寅还和他妻兄、长期担任苏州织造的李煦，两个人轮流兼任十年两淮巡盐御史，这个职位是一个油水很大的肥缺。可以说，曹玺、曹寅两代，是曹家最为鼎盛和风光的阶段。

曹雪芹的父辈曹颙，于康熙五十二年至康熙五十四年接任江宁织造府织造。康熙对他曾寄予很大的期望，称"朕所使用之包衣子嗣中，尚无一人如他者。看起来生的也魁梧，拿起笔来也能写作，是个文武全才之人"（《内务府奏请将曹颙给曹寅之妻为嗣并补江宁织造折》引文），可惜他仅当了两年织造就不幸去世。曹颙死后，曹寅这一支就不再有继承人。康熙皇帝不忍心看到这个家族"家产将致破毁"，便命内务府总管去问曹寅的妻兄李煦，要他在曹寅兄弟曹荃的四个儿子中选择一个，找到能孝顺曹颙母亲的人。李煦考察下来，认为曹荃的第四个儿子曹頫最好，于是康熙皇帝就特命将曹頫过继给曹寅为子嗣，继续担任江宁织造府织造。

曹雪芹的父辈曹頫，于康熙五十四年到雍正五年担任江宁织造府织造，直至雍正五年十二月二十四日被抄家。其任职之初，还颇得康熙皇帝的欢心。康熙五十七年，皇帝曾在一次奏折中批道："尔虽无知小孩，但所关非细，念尔父出力年久，故特恩至此。虽不管地方之事，亦可以所闻大小事，照尔父密密奏闻，是与非朕自有洞鉴。就是笑话也罢,叫老主子笑笑也好。"(《朱批著曹頫奏闻地方大小事件》引文)口气是何等的亲密!

但是不久,老爷子的口气就开始变得严厉起来。在康熙五十九年的一次奏折中,康熙皇帝指斥曹家不知骗了多少官窑瓷器,要他以后把细单实实奏闻,"倘瞒着不奏,后来事发,恐尔当不起,一体得罪,悔之莫及矣"。到了雍正皇帝上台,口气更加不对。雍正二年的一次奏折中就有如此警告:"凡事有一点欺隐作用,是你自己寻罪,不与朕相干。"同年另一次奏折中,皇帝变得更加声色俱厉:"你是奉旨交与怡亲王传奏你的事的,诸事听王子教导而行。你若自己不为非,诸事王子照看得你来;你若作不法,凭谁不能与你作福。不要乱跑门路,瞎费心事力量买祸受。""主意要拿定,少乱一点。坏朕名声,朕就要重重处分,王子也救不下了。特谕。"(《江宁织造曹頫请安折》引文)可见雍正皇帝对曹頫的不满已经到了何等的程度!几乎已经听到了霍霍磨刀声。

果不其然,雍正五年,曹頫就先后因"皇上御用褂面落色""织造差员勒索驿站"等罪名遭到了罚俸和严审,而到了这一年的十二月二十四日,就在曹家正准备迎接农历新年的前夕,雍正终于下旨查抄曹家家产:"江宁织造曹頫,行为不端,织造款项亏空甚多,甚属可恶!……着行文江南总督范时绎,将曹頫家中财物,固封看守,并将重要家人,立即严拿;家人之财产,亦着固封看守,俟新任织造官员绥赫德(一作隋赫德)到任之后办理。伊闻织造官员易人时,说不定要暗派家人到江南送信,转移家财。倘有差使之人到彼处,着范时绎严拿,审视该人前去的缘故,不得怠忽!钦此。"

在清代,尤其是在雍正朝,抄家是对一个犯罪之家的毁灭性打击！就这样，一个百年望族和织造世家走向了衰败和没落。

2. 曹雪芹身世之谜

根据我们现今的研究，《红楼梦》的作者曹雪芹或者是曹颙的遗腹子，或者是曹𫖯的儿子。说他是曹颙的遗腹子，根据就是曹𫖯于康熙五十四年三月初七的奏折中曾经说到他的嫂子马氏已经怀孕七个月，如果幸运生下个男孩，他哥哥的子嗣就有希望了。如果当年生下的确实是个男孩，这个男孩有可能就是曹雪芹。根据《五庆堂曹氏宗谱》记载，曹颙确有个儿子，只是名字叫天佑而不是曹霑或者曹雪芹。"天佑"两个字寄寓了感激康熙保全曹寅一家的"浩荡皇恩"，同时也感谢上天赐予曹颙男孩的福佑，而且它和"霑"还有着某种关联。《诗经·小雅·信南山》："既霑既足""受天之佑"。古人起名和字都是有某种关联的，所以这位名"霑"、字"天佑"的男孩确有可能就是曹雪芹。

如果这一推断能够成立，那么，曹雪芹的出生年月就应该是康熙五十四年六月。照此计算，曹家被抄的时候他大概是十三岁，对江南的繁华生活已应有所记忆，具备了创作《红楼梦》的生活经验。

曹雪芹的卒年，根据他的至亲好友脂砚斋的批语，应该是乾隆二十七年，也就是1762年。这样算下来，曹雪芹大约活了四十八岁，与他的好友张宜泉《伤芹溪居士》题下自注"年未五旬而卒"相符合。

另一种可能，曹雪芹是曹𫖯的儿子，这样他的生年则有两种可能。一种是根据曹雪芹的好朋友敦诚的《挽曹雪芹》诗"四十年华付杳冥"，认定他只活了四十岁，那么按照卒年"壬午除夕"即乾隆二十七年，上推四十年，则大约生于雍正元年，也就是1723

年。这样的话，曹雪芹被抄家时只有四五岁，还不到记事的年龄，缺乏创作《红楼梦》的生活基础。第二种可能，曹雪芹是曹頫的儿子，且就是曹天佑，两者年龄相差不多，也具备了创作《红楼梦》的生活经验。

这里要补充说明的一点是，提倡"E考据"的黄一农先生利用大数据技术，用"四十年华"搜寻曹雪芹同时代人的诗作，发现用"四十年华"指代四十七八岁的也不少。这样，敦诚的"四十年华"和张宜泉的"年未五旬而卒"也就不再矛盾。

二、曹雪芹的才貌性格

以上我们简单介绍了曹雪芹的家世，下面我们再来看一看曹雪芹的生平事迹和才貌性格。

现存有关曹雪芹生平事迹的可靠资料很少。在曹頫被抄家以后，少年曹雪芹应该也是随家北迁，回到北京。据曹頫早先的报告，曹家在北京的产业情况是："京中有住所二所，外城鲜鱼口空房一所，通州典地六百亩；张家湾当铺一所，本银七千两；江南含山县田二百亩，芜湖县田一百余亩，扬州旧房一所。此外并无买卖积蓄。"

这是呈给康熙的奏折，正常讲是不敢欺隐。所以曹雪芹举家北迁以后，应该就住在北京的老屋里。但有关他具体的生活境况，人们所知甚少，只是传说他年轻时曾经被"钥空室中"，又曾身处"杂优伶中，时演剧以为乐"，后在专为八旗子弟设立的宗学里当过差，并因此结识了敦敏、敦诚兄弟两人，这两人的诗集里倒是留下了很多有关曹雪芹的珍贵资料。下面我们来看一下这些资料。

在敦诚的《四松堂集》里,最起码有以下几首诗是与曹雪芹有关的。

寄怀曹雪芹

[清]敦　诚

少陵昔赠曹将军,曾曰魏武之子孙。

君又无乃将军后,于今环堵蓬蒿屯。

扬州旧梦久已觉,且著临邛犊鼻裈。

爱君诗笔有奇气,直追昌谷破篱樊。

当时虎门数晨夕,西窗剪烛风雨昏。

接篱倒著容君傲,高谈雄辩虱手扪。

感时思君不相见,蓟门落日松亭樽。

劝君莫弹食客铗,劝君莫叩富儿门。

残杯冷炙有德色,不如著书黄叶村。

这首诗主要讲的是曹雪芹的家史,认为杜少陵曾讲,当年的曹将军曾经是魏武曹操的子孙,但是今天已经落魄到住在蓬蒿屯里面,所以经常怀念当年的扬州旧梦,即当年他的祖上在扬州、南京所过的繁华的生活。大家特别要注意最后两句诗"残杯冷炙有德色,不如著书黄叶村",就是说尽管曹雪芹的处境非常艰苦、非常艰难,"残杯冷炙"生活很艰苦,但他还是有德色。那么他这时候在做什么?"不如著书黄叶村。"一般认为他这个"著书黄叶村",就是指在黄叶村里著《红楼梦》。

再有一首诗是《赠曹芹圃》,芹圃是曹雪芹的另一个号。这首诗也讲到了曹雪芹的个性。

赠曹芹圃

[清]敦 诚

满径蓬蒿老不华，举家食粥酒常赊。

衡门僻巷愁今雨，废馆颓楼梦旧家。

司业青钱留客醉，步兵白眼向人斜。

阿谁买与猪肝食？日望西山餐暮霞。

第三首诗叫《佩刀质酒歌》，它有个长题。这首诗写诗人在一个早晨碰到了曹雪芹，曹雪芹这个时候非常希望喝酒，但是没有钱，怎么办呢？这个诗人就把自己所佩的一把刀，典给那个酒店来换酒喝。

佩刀质酒歌

[清]敦 诚

（秋晓，遇雪芹于槐园，风雨淋涔，朝寒袭袂。时主人未出，雪芹酒渴如狂。余因解佩刀沽酒而饮之。雪芹欢甚，作长歌以谢余，余亦作此答之。）

······

秋气酿寒风雨恶，满园榆柳飞苍黄。

主人未出童子睡，斝干瓮涩何可当？

相逢况是淳于辈，一石差可温枯肠。

身外长物亦何有？鸾刀昨夜磨秋霜。

······

我今此刀空作佩，岂是吕虔遗王祥？

欲耕不能买犍犊，杀贼何能临边疆？

未若一斗复一斗，令此肝肺生角芒。

曹子大笑称快哉，击石作歌声琅琅。

知君诗胆昔如铁，堪与刀颖交寒光。

我有古剑尚在匣，一条秋水苍波凉。

君才抑塞倘欲拔，不妨斫地歌王郎。

还有一首诗是《挽曹雪芹》，其中最有名的就是："四十年华付杳冥，哀旌一片阿谁铭？"

挽曹雪芹

［清］敦　诚

四十年华付杳冥，哀旌一片阿谁铭？

孤儿渺漠魂应逐，新妇飘零目岂瞑？

牛鬼遗文悲李贺，鹿车荷锸葬刘伶。

故人唯有青山泪，絮酒生刍上旧垌。

敦敏的《懋斋诗钞》里也有好几首跟曹雪芹有关的诗。

第一首诗是《题芹圃画石》。因为曹雪芹善画，这首诗经常被引用。

题芹圃画石

［清］敦　敏

傲骨如君世已奇，嶙峋更见此支离。

醉余奋扫如椽笔，写出胸中魄礧时。

还有一首诗叫《赠芹圃》，是敦敏赠给曹雪芹的一篇诗作。

题芹圃

[清]敦 敏

碧水青山曲径遐，薛萝门巷足烟霞。

寻诗人去留僧舍，卖画钱来付酒家。

燕市哭歌悲遇合，秦淮残梦忆繁华。

新仇旧恨知多少，一醉酕醄白眼斜。

此外，曹雪芹的好朋友张宜泉在《春柳堂诗稿》中也记下了关于他的描写。在《题芹溪居士》中，诗人特别注明"姓曹名霑，字梦阮，号芹溪居士，其人工诗善画"。这首诗要特别注意的是最前面两句诗，"爱将笔墨逞风流，庐结西郊别样幽"，讲曹雪芹晚年是在北京西郊一个比较简朴的房子里创作《红楼梦》的。

题芹溪居士

[清]张宜泉

（姓曹名霑，字梦阮，号芹溪居士，其人工诗善画。）

爱将笔墨逞风流，庐结西郊别样幽。

门前山川供绘画，堂前花鸟入吟讴。

羹调未羡青莲宠，苑召难忘立本羞。

借问古来谁得似？野心应被白云留。

另外还有一首诗叫《伤芹溪居士》，诗人也特别说明"其人素性放达,好饮,又善诗画,年未五旬而卒"。关于好饮,前面的《佩刀质酒歌》已经讲了,说这个时候曹雪芹"酒渴如狂",可见朋友们对曹雪芹的印象都是相同的。

伤芹溪居士

[清]张宜泉

（其人素性放达,好饮,又善诗画,年未五旬而卒。）

谢草池边晓露香,怀人不见泪成行。

北风图冷魂难返,白雪歌残梦正长。

琴裹坏囊声漠漠,剑横破匣影铓铓。

多情再问藏修地,翠叠空山晚照凉。

另外还有裕瑞,在《枣窗闲笔》中,也有关于曹雪芹的记载,说他这个人"身胖头广而色黑,善谈吐,风雅游戏,触境生春。闻其奇谈娓娓然,令人终日不倦,是以其书绝妙尽致"。

综引上述资料,我们大致可以勾勒出曹雪芹的才貌性格和命运遭际:

外貌:身胖、头广、色黑。

才华:多才多艺,工诗善画,诗胆如铁,才追李贺。

性格:爱喝酒,性放达,善谈吐,有奇气;一身傲骨,白眼向人,有魏晋风度。

命运遭际:举家食粥,无钱买酒;庐结西郊,埋首著书;幼子早殇,新妇飘零。

曹雪芹就是这样一位多才多艺、生性豪放、穷愁潦倒，将一生心血都付诸《红楼梦》创作的伟大作家。

三、曹雪芹的家世生平与《红楼梦》创作

上面我们简单介绍了曹雪芹的家世生平，毫无疑义，他的家世生平必然会在其《红楼梦》的创作中留下巨大的投影。这种投影可以说无处不在，下面我们就略举几个例子。

第一个例子，康熙皇帝前后一共有六次南巡，后四次都是在曹寅的任内，也就是曹雪芹祖父的任内。曹寅四次主持接驾大典，给曹家带来了无限的风光，当年的盛时光景已经成为曹家上上下下的家族记忆。

《红楼梦》第十六至十八回写元春省亲，就是对当年曹家南巡接驾的遥远追忆。小说第十六回特意写到凤姐和赵嬷嬷的一段对话。1987版《红楼梦》电视剧对此亦有演绎。凤姐说："说起当年太祖皇帝仿舜巡的故事，比一部书还热闹，我偏没造化赶上。"赵嬷嬷道："嗳哟哟，那可是千载难逢的！那时候我才记事儿，咱们贾府正在姑苏扬州一带监造海舫，修造海塘，只预备接驾一次，把银子都花得像淌海水似的！"并且讲到"江南的甄家，嗳哟哟，好势派！独他家接驾四次，若不是我们亲眼看见，告诉谁谁也不信的。别说银子成了泥土，凭是世上所有的，没有不是堆山塞海的，'罪过可惜'四字竟顾不得了"。

这里所说到的贾家、甄家，其实都是指的曹家，是历史上曹寅四次接驾的一种艺术再现。曹雪芹的至亲好友脂砚斋在这里特别写下了这么一段批语，叫"借省亲写南巡，出脱心中多少忆昔感今"；回忆

当年的南巡往事,感于今天的家族处境。四次接驾虽然给曹家带来了无限的风光,但同时也造成了曹家的巨额亏空,这个亏空一直到曹頫任上都没有补上,并成为曹頫被抄家的主要原因。

小说对元春省亲场面有一系列细致描写,包括省亲之前的一系列准备:太监如何出来先看方向,在什么地方更衣、什么地方燕坐、什么地方受礼、什么地方开宴、什么地方退息;贾府的人员在哪里退、哪里跪、哪里进膳、哪里启奏;元春驾到时,一队队的太监如何跑过来拍手儿,又如何各按方向站立,各种仪仗如何一一过完;等等。种种皇家礼仪,正如脂批所说:"非经历过,如何写得出?"这都是"借省亲写南巡"的典型案例,说明曹雪芹已把他的家族记忆渗透进小说的肌理和血液中。

再如关于大观园的描写,京华何处大观园?这是众多《红楼梦》研究者和爱好者最关心的问题。比较有影响的是两种说法。一是说大观园是北京的恭王府,这一说法在20世纪60年代初曹雪芹逝世200周年纪念时影响甚大,如今恭王府已经对公众开放。

还有一说讲大观园是南京袁枚家的随园。袁枚是清代的大文人,他在文章中说过"所谓大观园者,即余之随园也"。其实这个随园的"随",应该原名为"隋园"。"隋"就是指接替曹頫担任江宁织造府织造的隋赫德。他接替江宁织造府织造后,原来的织造府,也就是所谓"曹园",自然也就在世人眼里变成了"隋园"。后来此园又归袁枚所有,改名随园。所以这个"随园"其实就是曹家织造府的花园。《红楼梦》关于大观园的描写,应该就是以当年作者自家的织造府花园,也就是"随园"为蓝本而想象虚构的,这和曹雪芹青少年时代的生活经验是密切关联的。

还有著名的"焦大醉骂",大家应该印象非常深刻。焦大是个老主子,但是他"从小儿跟随老太爷们出过三四回兵,从死人堆里把太爷背了出来,得了命;自己挨着饿,却偷了东西给主子吃;两日没得水,得了半碗水给主子喝,他自己喝马尿",这也让人遥想到当年曹雪芹祖上"从龙入关"、在战场上出生入死的家族经历。

从小说中的一些细节描写中,我们也可以窥见一些端倪。如第五十三回关于黑山村庄头乌进孝缴租的描写,第五十七回关于四大家族之一的薛家在鼓楼西大街开"恒舒典"当铺的描写,都使人想起曹家在北京城郊有典地和开当铺的记载。

至于小说中写到的众多性格迥异的女子,以及她们的衣食住行、游戏娱乐、内部关系、日常礼数等,恐怕都有曹家和曹雪芹本人的生活经验作为创作基础。贾家的荣宁二府,他们祖上一下生下两个儿子。对应到刚刚前面讲到过的曹家家史,他的高祖曹振彦也是养了两个儿子,其中一个儿子曹玺又养了两个儿子,所以曹家都是兄弟俩了。这一切就如同作者在第一回借石头之口所说的:"竟不如我半世亲睹亲闻的这几个女子,虽不敢说强似前代书中所有之人,但事迹原委,亦可以消愁破闷;也有几首歪诗熟话,可以喷饭供酒。至若离合悲欢,兴衰际遇,则又追踪蹑迹,不敢稍加穿凿,徒为哄人之目而反失其真传者。"可见,曹雪芹的《红楼梦》就像他自己在开头所讲的,是以他半世亲睹亲闻的生活经验作为创作基础的。这里的亲睹亲闻不只是指他亲眼所见,还包含了他亲耳听到的那些家族往事。

当然,我们说曹雪芹的家世生平和《红楼梦》的创作有着非常密切的关系,并不等于说《红楼梦》写的就是他家的家史或他本人的自传。如果像胡适那样,把《红楼梦》完全等同于曹雪芹的家史和自传，把小说中的人物——对应到曹雪芹的家族成员，完全混淆文学创作和历史真实的关系，这就走到了另一个错误的极端。生活中的真人进入小说，经过作者的典型化过程，和生活中的真人已经没有太大的关系了。

鲁迅先生曾经讲他的创作体会，说他的小说人物有几种情况：一种是杂取种种人，合成一个人；还有一种是以某一个人为原型，但是他已经生发开去。也就是说，纵使生活中的人整个进入了小说，小说中的他和生活中的那个真人也已经没有太大的关系了。从这个意义上讲，我们既要充分肯定曹雪芹的家世生平在《红楼梦》的创作中投下了巨大的投影，但又绝对不能把《红楼梦》就等同于曹雪芹的自传。

第二章 《红楼梦》的成书、版本与流传

潘建国
北京大学中文系教授

一、《红楼梦》的存世版本及其成书过程

关于《红楼梦》的成书,小说第一回中有过交代。

> 空空道人听如此说,思忖半晌,将这《石头记》再检阅一
> 遍……因毫不干涉时世,方从头至尾抄录回来,问世传奇。因空
> 见色,由色生情,传情入色,自色悟空,遂易名为情僧,改《石头
> 记》为《情僧录》。东鲁孔梅溪则题曰《风月宝鉴》。后因曹雪
> 芹于悼红轩中披阅十载,增删五次,纂成目录,分出章回,则题曰
> 《金陵十二钗》,并题一绝云:
>
> > 满纸荒唐言,一把辛酸泪。
> >
> > 都云作者痴,谁解其中味?

那么问题来了:这段话究竟是小说家故弄玄虚,还是真实可信

的呢？如果是可信的，这里提及了好多个书名，它们与《红楼梦》有何内在关联？说曹雪芹"披阅十载，增删五次"，他增删的重点又在哪里？凡此，都指向一个共同的话题，就是一百二十回的《红楼梦》小说文本究竟是如何形成的？

由于小说在古代社会属于不登大雅之物，关于小说作家作品的相关文献记载，往往语焉不详。因此，想要探究《红楼梦》的成书问题，大概只能另辟蹊径，其中最为重要的一条"蹊径"，就是借助现存诸版本的比勘研究，来逆向推想和合理复原《红楼梦》成书过程当中的若干细节。

《红楼梦》现存主要版本，可分为抄本和印本两大类。

（一）抄本，主要是指依据印本出现之前的"旧本"传抄的本子。下面择要介绍几种。

1. 甲戌本，残存十六回，因首回"满纸荒唐言，一把辛酸泪。都云作者痴，谁解其中味"诗句后，多出了其他版本所没有的"至脂砚斋甲戌抄阅再评，仍用《石头记》"十五个字，故称"甲戌本"。"甲戌"为乾隆十九年（1754），这是抄本底本的定稿时间，而非抄本的抄写时间。此书原为清代咸丰同治年间大兴藏书家刘铨福旧藏，1927年，胡适从上海购得，颇为珍视。1948年，胡适离开北京前往台湾，随身带走此书，后又携至美国，寄存于康奈尔大学图书馆。2005年，上海博物馆以重金购回，有影印本行世。

2. 己卯本，残存四十一回又两个半回，分藏于中国国家图书馆和中国国家博物馆，有影印本行世。因第三册总目下题有"己卯冬月定本"，故称"己卯本"。"己卯"为乾隆二十四年（1759）。己卯本有两个特别的避讳字，即"祥"和"晓"，可能是避两代怡亲王的名字允祥和弘晓,研究者推测此本的传抄可能和怡亲王府有某种关系。

3. 庚辰本,存七十八回,仅残缺第六十四、第六十七两回,今藏北京大学图书馆,有影印本行世。因第五、第八册总目下题有"庚辰秋(月)定本",故称"庚辰本"。"庚辰"为乾隆二十五年(1760)。值得注意的是,庚辰本中也有"祥"字避讳的情况,大概这个抄本与己卯本也存在关联。由于庚辰本比较完整,人民文学出版社整理本把它作为前八十回的底本。

4. 舒本,或称"己酉本",即乾隆己酉五十四年(1789)舒元炜抄录本,这是存世早期抄本中唯一可以确定抄录年代的本子。残存四十回,原为吴晓铃先生旧藏,今藏首都图书馆,有影印本行世。

此外较为重要的抄本还有"戚蓼生序本""梦觉主人序本""郑振铎藏本""列宁格勒藏本""卞亦文藏本"等多种。上述抄本残存的回目以及具体文字不尽相同,但有个共同点,即或多或少保留有脂砚斋等人的批语,学术界统称为"脂本"。至于这位脂砚斋的身份,目前还无法考定,只知他较为熟悉曹家家事,与曹雪芹也似乎存在相当密切的关系。

(二)印本。《红楼梦》的第一个印刷本,刊行于乾隆五十六年(1791)冬,其时曹雪芹已经去世近三十年。流寓北京的苏州人程伟元和东北铁岭籍文人高鹗,利用当时搜集到的旧抄本,"细加厘剔,截长补短",以"萃文书屋"的名义,用木活字排印了《新镌全部绣像红楼梦》一百二十回,称为"程甲本"。程甲本在《红楼梦》小说文本传播史上具有里程碑式的意义,它不仅标志着《红楼梦》完成了从抄本到印本的转变,而且在前八十回之后补上了后四十回,使得《红楼梦》能以一百二十回的完整面貌,出现在广大读者面前。至乾隆

《新镌全部绣像红楼梦》

五十七年（1792）春，程、高两人又对程甲本进行了数量可观的文字增改，并重新排印出版，书名照旧，称为"程乙本"。程甲、程乙之后，《红楼梦》翻刻不断。据统计，仅从嘉庆到清末刊行的版本就有七十多种，其中较为重要的翻刻本早期有"东观阁本"，后期有道光时刊刻的"双清仙馆序刊本"，这个版本附有文人王希廉的精彩评语，风行一时。

二、考察《红楼梦》文本形成的三个阶段

1. 前八十回及其"增删五次"

根据上述存世版本的情况，《红楼梦》的文本形成史大致可以分为如下三个阶段。

目前红学研究界基本认为，乾隆二十七年岁末，曹雪芹去世之时，仅完成了前八十回的文稿，而且这八十回文字，经过了多次增删。

小说第一回有"披阅十载,增删五次"的说法,这里"十"和"五"对举,未必是实指,极言其多也。那么,曹雪芹究竟实施了哪些"增删"呢?假如历次增删的小说原稿都能保存下来的话,我们只要一比较就可以弄清楚了。可惜由于原稿的亡佚,这个学术理想已无法实现。然而幸运的是,终究还有不少抄本存世,这些抄本或者是它们的底本分属于《红楼梦》成书过程当中的不同时间节点,保留着若干文本增删的历史痕迹。

我们不妨从《红楼梦》第三十四回薛宝钗的一段心理描写说起。宝玉挨打后,宝钗前来探望,袭人告诉她宝玉被打原因,其中涉及薛蟠,宝玉怕宝钗担心,忙止住袭人。此处,小说插入一段宝钗的心理活动,她一方面感动于宝玉的"用心",另一方面则想:"难道我就不知我的哥哥素日恣心纵欲,毫无防范的那种心性。当日为一个秦钟,还闹得天翻地覆,自然如今比先又更厉害了。"宝钗的心理活动表明,小说在第三十四回之前,应有关于薛蟠为了秦钟"闹得天翻地覆"的情节。可是,检阅现存的《红楼梦》诸版本,均没有发现这样的文字。秦钟始出于第七回,死于第十六回,他与薛蟠最近的关系,也不过是在第九回"恋风流情友入家塾 起嫌疑顽童闹学堂"中一前一后、同回出场而已。

然而,玄机就隐藏在这个第九回之中。这一回叙述在贾府学堂内,宝玉、秦钟与贾瑞、金荣、李贵等人,因事发生纠纷,宝玉发怒以退学为要挟,逼迫金荣向秦钟赔礼磕头,金荣无奈,只得忍气照办,风波遂告结束。现存《红楼梦》诸版本第九回结尾均如此叙写,唯独舒元炜抄本不同,赫然多出以下几句文字:

金荣听了有理，方忍气含愧的，来与秦钟磕了一个头，方罢了。贾瑞遂立意要去调拨薛蟠来报仇，与金荣计议已定。一时散学，各自回家。不知他怎么去调拨薛蟠？且看下回分解。

根据这几句提示，下一回也就是第十回回首应该接着叙述，贾瑞去找薛蟠告状，并挑唆他去"复仇"，从而引出呆霸王薛蟠为了秦钟"闹得天翻地覆"的情节，这样，第三十四回中薛宝钗的心理活动才可以落到实处。但是，包括舒元炜抄本在内的所有《红楼梦》版本，第十回均无薛蟠大闹的情节。这一异常情况说明，《红楼梦》小说初稿本来是有薛蟠大闹的情节的，但后来被小说作者删去了，并随之修改了相应的文字，把学堂风波了结于第九回；舒元炜抄本第九回回末却"意外"地保存了属于初稿的旧文，而它的第十回回首则是修改后的新文，因此造成两回之间的情节发生了明显的断裂。

那么，曹雪芹为何要删去薛蟠为了秦钟而大闹的情节呢？这实际涉及研究者关于《红楼梦》前八十回文字变动的另一个重要推测，就是曹雪芹原本计划撰写一部描画青年男女风月故事并进行欲望劝诫的小说，书名可能题作《情僧录》或《风月宝鉴》，但后来由于某种原因，作者决定改变小说的文学重心，转为叙写少男少女情感故事及其成长悲剧，书名改作《石头记》或《红楼梦》。这一文学重心的迁转，导致文本内部发生连锁反应，其中最重要的改动有两类。

其一是宝玉、黛玉、宝钗等小说人物的年龄需要随之减小。不过，改动长篇小说中的人物年龄，并非一件容易的事情，因为这需要同时彻底修改与这些人物相关的人物的年龄，以及有关他们之间年龄关系的叙述文字，否则，就会出现年龄忽大忽小的奇怪现象。细心的读者早已发现,《红楼梦》中存在所谓"大宝玉""小宝玉""大黛玉""小黛玉"等情况,这正是人物年龄改动不彻底而遗留在文本之中的裂隙。经过版本和文本细勘,研究者更进一步发现,除宝玉、黛玉之外,宝钗、湘云、袭人、秦钟等人的年龄,也存在从旧稿到新稿逐渐减小的趋势,凡此,都可以作为上述文学重心改变的佐证。

其二是原稿中关于青年风月故事的情节,要加以压缩甚至删削,秦可卿、薛蟠、秦钟、贾瑞等人在文本中的地位和占据的篇幅,需要进行调整。譬如,根据脂砚斋批语,小说初稿中曾经有一个"秦可卿淫丧天香楼"的情节,叙述美丽的少妇秦可卿和公公贾珍之间存在暧昧关系,事情暴露之后,秦可卿在天香楼自缢身亡。这个故事带有较为明显的情欲色彩和"风月宝鉴"意义,虽然它对于揭露贾府内部的道德沦丧具有一定的作用,但是,既然小说的文学重心已经转移到叙述少男少女的纯洁情感故事,因此,这个故事也就失去了存在的必要性。

目前我们看到的《红楼梦》小说第十至第十五回之中,秦可卿的死因已经由原来的自缢改为病故。小说没有花费笔墨去正面展开秦可卿的人生故事,而是采用了简略侧笔叙事,转而借助秦可卿之死及其葬礼的描写,来烘托和塑造王熙凤的人物形象。脂砚斋批语说"写秦氏之丧,却只为凤姐一人",这是非常精辟的见解。有意思的是,曹雪芹在叙述秦可卿丧礼的过程中,特意用细节向读者强调了贾珍的表现,写他"哭的泪人一般""说着又哭起来""恨不能代秦氏之死"——这是第十三回;"过于悲哀,不大进饮食""无心茶饭"——这是第十四回;可谓伤心欲绝。又写他不惜重金购求名贵棺木,又因儿子贾蓉只是黄门监,秦可卿的"灵幡经榜上写时不好看"，临时花费一千二百两银子为贾蓉捐了个"五品龙禁尉"；至出殡铁槛寺，贾珍又"亲自坐车，带了阴阳司吏，往铁槛寺来踏看寄灵所在"，可谓尽心竭力，超乎寻常。而与之形成强烈反差的是，作为秦可卿的丈夫贾蓉，却几乎未在这场丧礼中抛头露面，曹雪芹甚至连一个悲泣的镜头也没有给他，这一显一隐之间，留给了读者无限的暧昧的想象空间。

可以说，"秦可卿淫丧天香楼"的故事虽然被删去了，但这一情节对于揭露贾府道德沦丧的作用，依然被巧妙地保留了下来，这充分体现了曹雪芹高超的小说艺术水准。与此类似，薛蟠、秦钟、贾瑞等人的叙述文字，也被适度压缩了。我们猜测，薛蟠为了秦钟而大闹的情节，大概也是因为这个原因被删去了，但曹雪芹百密一疏，没有修改第三十四回中薛宝钗的心理活动，留下了一个小小的文本漏洞。

如果说从"青年风月"到"少年情感"的转变乃是小说结构层面的重大调整的话，那么关于次要人物的分合、细节场景的详略、语言文字的繁简，则属于小说创作技巧和艺术层面的增删改动，它们也在现存《红楼梦》版本和文本内部，留下了深浅不一的痕迹。因此，系统、细致地比勘版本文字，尽可能找出其间的差异，分析其规律，据此合理还原出前八十回文本的形成以及增删调整的细节，成为《红楼梦》学术研究的重要课题之一。

2. 程甲本后四十回的著作权及其文字来源

前面说过，程甲本的价值之一就是在前八十回之外，补上了曹雪芹未及完成的后四十回文字，使得《红楼梦》避免了残缺的遗憾。问题是，程甲本的后四十回又从何而来呢？

程甲本卷首有程伟元序文，说他时常为《红楼梦》残缺后四十回而感到惋惜，所以"竭力搜罗，自藏书家甚至故纸堆中无不留心，数年以来，仅积有廿余卷。一日，偶于鼓担上得十余卷，遂重价购之"，"乃同友人细加厘剔，截长补短，抄成全部"。程伟元没有点出"友人"的名字，但卷首另附有高鹗序文，提到"友人程子小泉"来访，"以其所购全书见示"，并请他分担整理出版之事，高鹗欣然同意，"遂襄其役"。对读两序，可知程伟元所说的"友人"，应该就是高鹗。

根据这两篇序文可知，程甲本的后四十回文字，是程、高两人在程伟元苦心搜集的数十卷旧本基础上，合作整理补订而成的。

接下来，我们还要讨论两个与此相关的问题。

第一，高鹗是后四十回的续作者，还是整理补订者？

自从胡适先生提出高鹗续作说之后，在很长一段时期内，人们都将后四十回的著作权授予高鹗，这一说法甚至已经进入了各种文学史。不过，质疑和否定的声音也从未停歇。支持高鹗续作说的证据主要有两个：一个是高鹗的朋友张问陶在《赠高兰墅同年》诗注中，声称《红楼梦》"八十回以后俱兰墅所补"；另一个则是高鹗自己作有《重订〈红楼梦〉小说既竣题》七绝诗歌一首。

反对高鹗续作说的学者则认为，这两条材料中，一个说"补"，一个说"重订"，均与续作者的含义有区别；而且，如果承认程甲本卷首程伟元、高鹗序文所载可信的话——事实上目前也拿不出怀疑两序可靠性的证据，两位当事人已经把话说得颇为清楚了——则后四十回并非高鹗续作，而是程、高两人在数十卷旧本基础上，合作整理补订而成的。换言之，高鹗只是程本后四十回文字的整理补订者之一，不应享有真正意义上的著作权。

第二，是后四十回的文字来源问题。

程甲本卷首程伟元序已经交代，他曾经搜罗到后四十回的旧本"廿余卷"又"十余卷"，如果没有重复的话，加起来已接近四十回；关于这些旧本的情况以及他们整理补订时的原则，程乙本卷首程、高联合署名的"引言"有提及："按其前后关照者，略为修辑，使其有应接而无矛盾。至其原文，未敢臆改，俟再得善本，更为厘定，且不欲尽掩其本来面目也。"这段话说得有些笼统，给后人留下了许多遐想和探究的空间。

首先，程伟元得到的后四十回"旧本"，是曹雪芹的残稿，还是另有作者？多年来研究者试图借助版本和文本比勘，证明后四十回之中确实存在曹雪芹的残稿文字。但这个问题要得到落实，并不容易。

其次，如果程伟元搜集的"旧本"不是曹雪芹残稿，而是另有作者，那么他又会是谁呢？这就更是个茫无头绪的难题了。

最后，程、高两人曾对旧本"截长补短""略为修辑"，这是个事实；但问题在于，现存后四十回之中，究竟哪些文字出于程、高之手？研究者希望根据文学风格以及与前八十回情节人物伏笔的查验，来筛检出程、高"补笔"，但这个也不容易得到确认。

总之，要将程本后四十回的文字来源逐一梳理清楚，目前还存在相当大的困难。不过，问题终究是越研究越清楚的。

这里，不妨顺带介绍一下关于后四十回的艺术评价问题，这个问题需要辩证地看待。一方面，现存后四十回的情节人物设计，有不少违背了曹雪芹的初衷，譬如在贾府被抄家衰落之后，又给它安排了"兰桂齐芳"的中兴结局；几个重要人物的人生命运也未能贯彻曹雪芹原来的设计。据第五回以及脂砚斋批语提示，"十二金钗"之一的惜春，其结局应为"公府千金至缁衣乞食"，也就是从一名贵族小姐，沦落到穿着尼姑的衣服以乞食化缘度日。后四十回虽写她出家为尼姑，但让惜春取代妙玉，住进了"花木繁盛"的贾府家庙栊翠庵，至少过上了衣食无忧的生活。再譬如"十二金钗"中的李纨，第五回曲子说她"镜里恩情，更那勘梦里功名。那美韶华去之何迅……昏惨惨黄泉路近……也只是虚名儿与后人钦敬"，意味着李纨最终将郁郁而亡，儿子贾兰的中举对于她来说不过是"梦里功名"。但后四十回却让李纨健康地活着，还见证了儿子功成名就，她也因此开始步入母以子贵的幸福生活。后四十回的这些改变，无疑大大削弱了曹雪芹原来设定的悲剧性。

当然我们也应该看到，后四十回毕竟还是写出了主要人物宝、黛、钗的悲剧命运，而诸如"潇湘惊梦""黛玉焚稿""魂归离恨天"等段落，也极富艺术感染力，其精彩程度并不亚于前八十回。所以后四十回的功过是非，仍将交由读者继续地评说、争论下去。

3. 程乙本对于程甲本的文字修改

程甲本印出仅三个月，程、高两人又重新排印了程乙本。用木活字排印一百二十回的《红楼梦》，在古代绝对是个不小的工程，那么，为何间隔这么短，程、高就如此着急地推出新版呢？主要原因可能有两个。其一，程甲本出版后颇受欢迎，短时间内便销售一空，但活字版不同于雕版，无法重印，所以只能重新排印新版。其二，程、高认为需要对程甲本的文字进行修订。据统计，程乙本改动程甲本的总字数近两万字，程乙本也是《红楼梦》文本形成史上最后一次比较大的变动,在它之后,小说文本就进入了基本稳定的状态。

仔细检阅程乙本的改文,大致可以分成如下三大类。

第一类是改正了程甲本中明显错讹的字词。

第二类属于技术性的增删改动。这是因为出版方为了充分利用程甲本剩余的部分书页,所以将程乙本每页的首尾字,都设定与程甲本一致,即"不动版";如此一来,假如某一页上的某行删去了几个字,就必须在本页其他行增加几个字,反之亦然,这就造成了不少"无谓"的文字变动。

第三类,也是最具有学术价值的,乃是基于细节照应、文学审美以及语言习惯等因素而做出的文字改动。研究者曾罗列比较了不少此类异文,有程乙胜过程甲的,也有程乙不如程甲的。在文学层面评判孰优孰劣,存在一定的主观性,不易达成一致。而我们比较关注的,则是程乙本的此类改文,究竟是出于程、高之手,还是另有版本来源。从程乙本卷首"引言"所说"书中前八十回抄本,各家互异,今广集校(核)勘,准情酌理,补遗订讹"等文字来看,程、高根据旧抄本酌情修改程甲本文字的可能性,大概也是存在的。

综上所述,关于《红楼梦》的文本生成史,虽然可以借助现存版本梳理出一个大致的线索,但是由于文献资料的缺乏,在成书的每个阶段,在前八十回和后四十回,在程甲、程乙之中,仍然隐藏着许多目前还难以揭开的谜团。《红楼梦》的小说文本,仿佛是一个复杂的考古现场,想要逐一还原出其历史演进的层次和样貌,殊非易事。这当然令人困扰,但又未尝不是《红楼梦》的魅力所在,因为它给众多研究者和爱好者提供了不断探索和研考的学术空间。

最后值得一提的是,倘若站在小说文本流播的角度而言,清代嘉道以来读者所阅读的，主要是程甲本系统的文本；到了民国十六年，也就是1927年亚东图书馆铅印重排本《红楼梦》行世，程乙本的面貌才被广大读者所了解；而我们前面提到的众多《红楼梦》抄本，除了庚辰本因为保存相对完整，被整理者采为前八十回底本，并且由人民文学出版社排印出版而得以风行之外，其他抄本都只有影印本行世，其意义大多局限在专业研究领域。

小说版本的学术价值和实际的流通广度，有时候并不一致，这或许也是《红楼梦》的读者们所需要了解的。

第三章 《红楼梦》的意蕴

叶　朗

北京大学博雅讲席教授

北京大学哲学社会科学资深教授

　　自从有了《红楼梦》，就有人研究《红楼梦》。两百多年来，研究的人越来越多，形成了一门专门的学问，叫作"红学"。近二十年，国内研究《红楼梦》的论文和专著更如雨后春笋，多不胜数。

　　那么一部《红楼梦》，说了两百多年，又有那么多人在说，难道还没有说完吗？没有。因为《红楼梦》是说不完的。

　　艺术作品的意蕴，我们过去一般称之为"内容"。但是有的人常常把作品的"内容"理解为"思想""主题""故事""情节""题材"等，这种理解是很不准确的。所以我们觉得用"意蕴"这个概念比用"内容"这个概念要好一些。

　　艺术作品的"意蕴"和理论著作的内容不同。理论著作的内容必须用逻辑判断和推理的形式把它表达出来，而艺术作品的"意蕴"很不容易用逻辑判断和命题的形式来表达。

　　理论著作的内容是逻辑认识的对象，艺术作品的"意蕴"是美感，即审美体验的对象。换句话说,艺术作品的"意蕴"只能在直接欣赏作品的时候感受和领悟,而很难用逻辑判断和命题的形式把它"说"出来。如果你一定要"说",那么你实际上就是把"意蕴"转变为逻辑判断和命题,那么作品的"意蕴"总会有部分的改变或者丧失。

和这一点相联系,艺术作品的"意蕴"和理论著作的内容还有一个重要的区别。理论著作的内容是运用逻辑判断和命题的形式来表述的,所以它们是确定的,因而是有限的。而艺术作品的"意蕴"则是蕴含在作品的意象世界之中的,因而它带有某种宽泛性、不确定性和无限性。这就是王夫之说的"诗无达志"。"诗无达志",是说艺术作品诉诸读者的并不是单一的、确定的逻辑认识。正因为这样,不同的欣赏者对于同一个作品就可以有不同的感受和领悟,这就是艺术欣赏中美感的差异性和丰富性。

以上是说艺术作品的"意蕴"和理论著作的内容有区别,艺术作品的"意蕴"很难用逻辑判断和命题的形式把它"说"出来。但是,这并不是说,对艺术作品就不能"说",就不能阐释了。如果那样的话,艺术鉴赏和艺术研究、艺术评论工作就不能存在了。事实上,在艺术的鉴赏和评论工作中,差不多人人都在用逻辑判断和命题的形式对艺术作品进行阐释,人人都力图把艺术作品的"意蕴"说出来。而且这种"说",如果"说"得好的话,对读者和作者都会有很大帮助。清代初年有一个文学评论家叫金圣叹,他对《水浒传》和《西厢记》做过评点,并且评点得很好,受到很多人的称赞,人们说他的评点可以"开后人无限眼界,无限文心"。因此,阐释是不可避免的,也是有价值的。

但是,当我们这么做的时候,我们应该记住以下两点。

第一，用逻辑判断和命题的形式说出来的东西，说得再好，也只能是作品"意蕴"的一种近似的概括和描述，这种概括和描述与作品的"意蕴"并不是一个东西。

第二，一些伟大的文学艺术作品，比如像《红楼梦》，它的意蕴极其丰美，就是我们中国人说的"横看成岭侧成峰"，一种阐释往往只能照亮它的某一个侧面，而不能穷尽它的全部意蕴。

因此，对这类作品的阐释，就可以无限地继续下去。西方人喜欢讲"说不尽的莎士比亚"；我们中国人也可以讲"说不完的《红楼梦》"。这就是说，这些伟大的艺术作品有一种阐释的无限可能性。

脂砚斋可以说是第一个红学家。从脂砚斋以来已经有许多人对《红楼梦》进行了阐释，包括王国维、蔡元培、胡适、俞平伯这样的大学者，他们都对《红楼梦》进行了阐释。我们今天还可以继续对《红楼梦》进行阐释。

下面就谈谈我对《红楼梦》的感受和理解。我认为，《红楼梦》的意蕴大致可以分析为三个层面，一层一层往前递进。

一、《红楼梦》意蕴的第一个层面

《红楼梦》意蕴的第一个层面，是《红楼梦》以前所未有的广度和深度真实地反映了清代前期的社会面貌和人情世态。小说描写了贾府内部和外部的社会关系、经济关系、政治关系、家族关系，描绘了各种各样的人物，极为真实，极为深刻，在读者面前展现了社会生活的广阔图景。这在中国小说史上是空前的。中国过去的长篇小说，一种是神魔小说，比如《西游记》；一种是英雄传奇，比如《水浒传》；一种是历史演义，比如《三国演义》。到了《金瓶梅》这部小说，出现了一个转折。《金瓶梅》是通过描绘西门庆这个家庭的日常生活状况，真实地反映了当时的社会生活。清代前期有一个小说批评家张竹坡，他把《金瓶梅》称为"市井文字"，鲁迅则称之为"人情小说""世情小说"。张竹坡在评点《金瓶梅》的时候有一段话，他说："作《金瓶》者，必曾于患难穷愁，人情世故，一一经历过，入世最深，方能为众脚色摹神也。"就是说《金瓶梅》为什么把人物写得那么好，因为作者对社会生活有深入的体验，一一经历过，入世最深。这段话讲得非常好！《红楼梦》的作者曹雪芹也正是如此。他继承了《金瓶梅》的这种路线，又有一个大的飞跃，把中国古典小说推上了登峰造极的境界。关于这一个层面，国内研究《红楼梦》的学者过去谈得比较多。譬如从20世纪50年代到80年代，很多学者说"《红楼梦》是四大家族的兴衰史""《红楼梦》是封建末世的形象历史""《红楼梦》是中国封建社会的百科全书"等，这些话说的都是《红楼梦》意蕴的这个层面。《红楼梦》的确有这个层面。《红楼梦》之所以伟大，它的意蕴中有这个层面，这是一个重要的原因，但不是全部的原因。1987版电视连续剧《红楼梦》被誉为"中国电视史上的绝妙篇章"和"不可逾越的经典"，后来又有多集电影《红楼梦》。把文学作品改编为电视或者电影，也可以看作是对文学作品的一种阐释。就《红楼梦》的这一个层面来讲，我以为1987版电视连续剧和电影《红楼梦》都是表现得比较充分的。因为这一个层面过去谈得比较多，我就不多谈了。

二、《红楼梦》意蕴的第二个层面

《红楼梦》意蕴的第二个层面，是《红楼梦》的悲剧性。都说《红楼梦》是一部伟大的悲剧，但是《红楼梦》的悲剧性是什么，学者们有不同的看法。我个人认为，《红楼梦》的悲剧性并不在于贵族之家，比如贾府或者说四大家族的衰亡，这种由盛到衰的悲剧；也不是简单在于贾宝玉、林黛玉两个人的爱情悲剧；而是在于作家曹雪芹提出了一种审美理想，而这种审美理想在当时的社会条件下必然要被毁灭，是这样一种悲剧。简单来说就是美的毁灭的悲剧。什么是曹雪芹的审美理想？这个要联系到明代的大戏剧家汤显祖，因为曹雪芹的审美理想就是从汤显祖那继承下来的。

汤显祖美学思想的核心是一个"情"字。汤显祖讲的"情"，和古人讲的"情"，内涵有所不同。它包含有突破封建社会的传统观念的内容，这个就是追求人性的解放。汤显祖自己说，他讲的"情"一方面和"理"相对立，这个理就是封建社会的伦理观念；一方面和"法"相对立，这个法就是指封建社会的社会秩序、社会习惯。他认为"情"是人人生而有之的，就是人性，它有自己的存在价值，不应该用"理"和"法"去限制它、扼杀它。所以，汤显祖的审美理想就是肯定"情"的价值，追求"情"的解放。

汤显祖把人类社会分为两种类型，一种叫有情之天下，一种叫有法之天下。他追求"有情之天下"。在他看来，"有情之天下"就像春天那样美好，所以追求春天就成了贯穿汤显祖全部作品的主旋律。他在《牡丹亭还魂记》里塑造了一个"有情人"的典型，这就是杜丽娘。剧中有一句很有名的话，就是"不到园林，怎知春色如许"。这是什么意思？就是寻找春天。但是在他当时的那个时代，不是"有情之天下"而是"有法之天下"，现实社会没有春天，所以要"因情成梦"，要做梦，梦里就有春天，在梦里"有法之天下"变成了"有情之天下"，是"因情成梦"。更进一步还要"因梦成戏"，就是要把他的理想用艺术作品写出来。"因情成梦""因梦成戏"这八个字可以概括汤显祖的美学思想，他的艺术作品就是他的强烈的理想主义的表现。

曹雪芹深受汤显祖的影响，他的美学思想核心也是一个"情"字，他的审美理想也是肯定"情"的价值，追求"情"的解放。曹雪芹自己在《红楼梦》的开头就说过，这本书"大旨谈情"。曹雪芹也要寻求"有情之天下"，要寻求春天，寻求美的人生。但是现实社会没有春天，所以他就虚构并创造了一个"有情之天下"，这就是大观园。大观园是一个理想世界，也就是"太虚幻境"。关于这一点，脂砚斋早就指出过，当代许多研究《红楼梦》的学者像俞平伯等也都谈到过，"太虚幻境"是一个"清净女儿之境"。大观园也是一个女儿国，里面都是女孩子，除了贾宝玉，也是一个"有情之天下"。《红楼梦》第六十二回写湘云喝醉了酒，包了一包芍药花瓣当枕头，在山石僻静之处的一个石凳子上睡着了，四面的芍药花飞了一身，满头脸衣襟上都是红香散乱，扇子掉在地下，落在花堆里头，一群蜜蜂蝴蝶围着她飞，而且湘云还说着梦话。这梦话是什么呢？是酒令，"泉香而酒冽，玉碗盛来琥珀光，直饮到梅梢月上，醉扶归，却为宜会亲友"。这就是一个春天的事件。

还有第六十三回，写怡红院"群芳开夜宴"，就是大观园的少女

史湘云 《红楼梦图咏》［清］改琦

这一天聚在怡红院里为宝玉做寿，把大门一关，大家在一起喝酒、行酒令、唱小曲，最后都喝醉了，横七竖八地睡了一地。第二天袭人说："昨儿都好上来了，晴雯连臊也忘了，我记得他还唱了一个。"说晴雯不害臊，居然唱了一个戏。四儿是个小丫头，她笑着说："姐姐忘了，连姐姐还唱了一个呢。在席的谁没唱过！"大家听了以后都红了脸，用两手握着笑个不住。

那是一个春天的世界，是美的世界，是诗的世界，那里处处是对青春的赞美，是对"情"的赞美，是对少女的人生价值的肯定和赞美。

大观园这个"有情之天下"，好像是当时社会中的一股清泉，一缕阳光。小说写宝玉在梦中游历"太虚幻境"的时候曾经想到，"这个去处有趣，我就是在这里过一生，纵然失去了家也愿意"。这段话非常重要，这说明现在这个家并不是贾宝玉的精神家园，太虚幻境才是。现在搬进了大观园，可以说是实现了宝玉的愿望，所以他"心满意足，再无别项可生贪求之心"。大观园是他的理想世界。但是这个理想世界，这个"清净女儿之境"，这个"有情之天下"，是被周围恶浊的世界所包围的，不断地受到打击和摧残，这个恶浊世界就是汤显祖所谓"有法之天下"。大观园这个春天的世界，一开始就笼罩着一层"悲凉之雾"（鲁迅语），很快就呈现出秋风肃杀、百卉凋零的景象。林黛玉有两句诗，"一年三百六十日，风刀霜剑严相逼"，这两句诗不仅是写她个人的遭遇和命运，而且是写所有的有情人和整个"有情之天下"的遭遇和命运。在当时的社会，"情"是一种罪恶，"美"也是一种罪恶。晴雯因为长得美，所以就被迫害致死。贾宝玉被贾政一顿毒打，差一点被打死，大观园的少女也一个一个地走向毁灭：金钏投井，晴雯屈死，司棋撞墙，芳官出家，鸳鸯上吊，妙玉遭劫，尤二姐吞金，尤三姐自刎……一直到黛玉泪尽而逝。这个"千红一窟（哭）""万艳同杯（悲）"的伟大的交响乐，音调一层一层地推进，最后形成了一种排山倒海的气势，震撼人心。林黛玉有一句诗叫"冷月葬花魂"，可以当作这个悲剧的概括，就是"有情之天下"被吞噬了。脂砚斋说，《红楼梦》是"让天下人共来哭这个'情'字"。他把《红楼梦》的悲剧性和"情"联系在一起，我认为这是很深刻的。大观园的这些少女一个一个都死得非常悲惨。我们以晴雯为例。晴雯被赶出了怡红院，大病一场，临死的时候宝玉去看她。晴雯提出要和宝玉换袄。她说："快把你的袄儿脱下来我穿。我将来在棺材里独自躺着，也就像还在怡红院的一样了。论理不该如此，只是担了虚名，我可也是无可如何了。"

俞平伯先生说，这已是惨极之笔，死人想静静地躺在棺材里怀念怡红院的生活，这样的要求不过分罢，哪里知道王夫人下令把她的尸体即刻送到外面去焚化，连这点要求也不能如愿。《芙蓉女儿诔》是贾宝玉写的一篇祭奠晴雯的文章，里面说："及闻槥棺被燹，惭违共穴之盟；石椁成灾，愧迨同灰之诮。"一篇《芙蓉女儿诔》，真的是句句是泪，字字是血。

在古希腊，人们是把悲剧和命运联系在一起的。命运是古希腊悲剧的意蕴核心。古希腊人有着深刻的"命运感"。刚才我们说，《红楼梦》的悲剧是"有情之天下"毁灭的悲剧。"有情之天下"是《红楼梦》作者曹雪芹的人生理想。但是这个人生理想在当时的社会条件下必然要被毁灭。在曹雪芹看来，这就是"命运"的力量，"命运"是人无法违抗的。

从一开始读《红楼梦》，我们就会感到书中的人物被"命运"的乌云笼罩着，十分窒息。书中一次又一次地响起命运女神不祥预言的钟声。第五回写贾宝玉梦中游历"太虚幻境"，在"薄命司"中见到"金陵十二钗"的"正册""副册""又副册"，上面写着大观园中众多女孩的判词，就预言了她们的悲剧命运。这相当于古希腊悲剧中的"神谕"。

接着，警幻仙姑又请贾宝玉观看十二个舞女演唱《红楼梦》十二支，再一次预言了大观园中女孩的悲剧命运。其中《枉凝眉》是预言贾宝玉、林黛玉二人的爱情悲剧："一个是阆苑仙葩，一个是美玉无瑕。若说没奇缘，今生偏又遇着他；若说有奇缘，如何心事终虚化？一个枉自嗟呀，一个空劳牵挂。一个是水中月，一个是镜中花。想眼中能有多少泪珠儿，怎经得秋流到冬尽，春流到夏！"他们的爱情悲剧是命运的悲剧。

随着故事的发展，这种命运女神的预言声音一再响起，比如第十八回元妃点的四出戏，第二十二回灯谜的制作，都是预言的声音，而这些预言也一一实现。《红楼梦》中这些被命运吞噬的少女，她们体现了一种人生理想，就是肯定"情"的价值，追求"情"的解放。这在当时是一种新的观念。所以，《红楼梦》的悲剧是新的观念、新的世界毁灭的悲剧。《红楼梦》中这些人物都在对命运进行抗争。贾宝玉一再砸他的宝玉，并且在梦里喊道："什么是金玉姻缘，我偏说是木石姻缘！"黛玉、晴雯、司棋、芳官、鸳鸯、尤二姐、尤三姐……她们都用自己的生命进行抗争，但最后她们都被命运这块大石头压碎了。

这个压碎一切的"命运"是什么？就是当时的社会关系和社会秩序，这种社会关系、社会秩序在当时是普通的、常见的，但它决定了每个人的命运，是个人无法抗拒的。王国维特别强调这一点。他指出，《红楼梦》之悲剧，"但由普通之人物、普通之境遇，逼之不得不如是"。所以他认为《红楼梦》是"悲剧中之悲剧"。这一点王国维说得很有道理。但是他把这种"由于剧中之人物位置及关系而不得不然"的悲剧，和命运的悲剧分开为两种，这个是不妥当的。

在当时的社会关系和社会秩序下，《红楼梦》中体现新的人生理想的少女一个一个毁灭了，整个"有情之天下"毁灭了。在曹雪芹的心目中，这就是命运的悲剧。书中林黛玉的《葬花吟》、贾宝玉的《芙蓉女儿诔》，是对命运的悲叹，也是对命运的抗议。《红楼梦》是伟大的中国悲剧。

三、《红楼梦》意蕴的第三个层面

《红楼梦》意蕴的第三个层面，是《红楼梦》处处渗透着作家曹雪芹对整个人生的深刻感悟，一种哲理性的感悟、感兴、感叹。它引导读者去体验整个人生的某种意味，这就是《红楼梦》的意境。这是《红楼梦》意蕴中的哲理性的层面，就是形而上的层面，是一个最高的层面，也是一个不被人注意的层面。《红楼梦》的人生感悟集中表现在一点，就是对人生、对生命的终极意义的追问。人的个体生命是有限的，而宇宙是无限的。那么，人的这种有限生命存在的意义何在呢？这个是自古以来哲学家思考的问题。孔子就感叹说："逝者如斯夫，不舍昼夜！"庄子也感叹说："人生天地之间，若白驹过隙，忽然而已。"

读《红楼梦》，我们都会感受到小说中渗透着对人的有限生命的最深沉的伤感，它像一声悠长的叹息，使整部小说充满了忧郁的情

通灵宝石、绛珠仙草　《红楼梦图咏》［清］改琦

调。正是这种叹息，这种忧郁，使《红楼梦》弥漫着浓郁的诗意。

这种人生感悟集中体现在小说的两位主人公贾宝玉和林黛玉的身上。贾宝玉和林黛玉就是两位对生命和命运最敏感、体验最深刻的人物。他们常常惆怅、落泪。但他们的惆怅、落泪不仅仅是感叹他们两个人爱情生活的不幸，而是出于对生命、对人生、对存在的一种带有形而上意味的体验。

读过《红楼梦》的人都知道，贾宝玉有一个神话的背景。他起初是女娲补天时的一块被遗弃的石头。这意味着贾宝玉这个存在本身就是一个被抛弃的结果。被谁抛弃了？被"天"抛弃了。"天"是无限，是永恒。被"天"抛弃，意味着脱离了无限和永恒而掉进了一个短暂的、有限的人生。这就是所谓"幻形入世",这是作者在小说一开头就赋予贾宝玉的一个形而上的起点。

当一僧一道表示要带着这块被遗弃的"石头"到"温柔富贵之乡"去走一遭的时候,这块"石头"听了大喜,这表明他非常渴望入世。但是一旦入世,他又和他所处的那个世界格格不入。虽然在现实世界中,他在某种意义上是这个贵族之家的核心:他深受贾母和王夫人的宠爱,是众人关注的中心。但是在他深层的意识中,他感到这个世界是他存在的暂时形态。所以小说写他经常"闷闷的",或者突如其来地感到"厌倦",感到"不自在","这也不好,那也不好"。这种情绪很奇怪,但这种情绪正提示出现在的这种存在对他而言是一种负担。即便是他处在和他姐妹们的温情之中,也仍然不能消除他对生命、对命运的忧患。他是个情种,但他的情总是带着一种忧郁的调子,带着对未来的一种恐惧和忧虑,带着"何处是归程"的忐忑不安。下面这些话便是表达这种忧患的典型话语:"……只求你们同看着我,守着我,等我有一日化成了飞灰——飞灰还不好,灰还有形有迹,还有知识。——等我化成一股轻烟,风一吹便散了的时候,你们也管不得我,我也顾不得你们了。那时凭我去,我也凭你们爱到那里去就去了。"(第十九回)再一段:"活着,咱们一处活着;不活着,咱们一处化灰化烟,如何?"(第五十七回)再一段:"比如我此时若果有造化,该死于此时的,趁你们在,我就死了,再能够你们哭我的眼泪流成大河,把我的尸首漂起来,送到那鸦雀不到的幽僻之处,随风化了,自此再不托生为人,就是我死的得时了。"(第三十六回)

这些都是关于未来、关于死亡的话语。这个家伙还不到二十岁,但他对死亡有着强烈的自觉，这个和他入世时候的"大喜"形成了多么鲜明的一种对照啊！他对死亡有着强烈的恐惧，因为那意味着他要和他钟爱的姐妹们分离，意味着"有情之天下"的毁灭；同时他对死亡似乎又有着某种渴望，因为死亡可以使他摆脱短暂的、有限的、痛苦的人生，回到无限和永恒。

他为自己设计了一个富有诗意的死亡：他所钟爱的女儿们的眼泪流成大河，把他的尸首漂起来，送到那个鸦雀不到的地方，随风化了。这便是他向往的归宿，所谓"死的得时"。从此，他"再不托生为人"。为什么再不托生为人？因为人是有形迹、有知识的，是一个短暂的存在。而按照他设计的这种死亡，化成了一股轻烟，随风吹散，不就是得到了永恒吗？宝玉曾经有一个偈，末尾说："无可云证，是立足境。"黛玉给他续了两句："无立足境，是方干净。"化为轻烟，随风吹散，就是这种干净的境界了。就这样，恐惧与渴望，爱情与死亡，在贾宝玉的内心互相碰撞，发出巨大的声响。这个被抛到人世间的"石头"，这个孤独的"情种"，他时时刻刻都摆脱不了对于人生、对于命运的形而上的思考和体验，所以他的内心充满了忧伤。就是在最热闹的场合，他的心头也会袭来一阵悲凉。譬如第二十八回，写贾宝玉和薛蟠喝酒玩闹，那是一个乱哄哄的场面，但是贾宝玉唱的《红豆曲》却充满了惆怅，充满了忧伤。

　　滴不尽相思血泪抛红豆，开不完春柳春花满画楼，睡不稳纱窗风雨黄昏后，忘不了新愁与旧愁。咽不下玉粒金莼噎满喉，照不见菱花镜里形容瘦。展不开的眉头，捱不明的更漏。呀！恰便似遮不住的青山隐隐，流不断的绿水悠悠。

就是春天的一棵大杏树，也会触发贾宝玉关于人生无常的感叹。《红楼梦》第五十八回，写宝玉病了一段时候，后来病好了，他就想去看黛玉。小说是这么写的，说宝玉从沁芳桥一带堤上走来，"只见柳垂金线，桃吐丹霞，山石之后，一株大杏树，花已全落，叶稠阴翠，上面已结了豆子大小的许多小杏"。这棵杏树就引起了宝玉的感怀。"宝玉因想道：'能病了几天，竟把杏花辜负了！不觉已到'绿叶成荫子满枝'了！""绿叶成荫子满枝"是杜牧的诗，"狂风落尽深红色，绿叶成荫子满枝"。因此他就舍不得离开这棵杏树。他又想到邢岫烟，想到她已经择了夫婿一事，"虽说是男女大事，不可不行，但未免又少了一个好女儿。不过两年，便也要'绿叶成荫子满枝'了"。这就是一种人生感，一种对时间和生命的忧患，也就是对人生无常的感叹。这一段描写，诗的味道很浓。作者把苏东坡的词"花褪残红青杏小"、杜牧的诗"狂风落尽深红色，绿叶成荫子满枝"加以融化，融进了贾宝玉对人生的哲理性的感受之中，从而创造了一个新的意境。读者读到这里，也会和贾宝玉一样，忽然若有所失，如同旅人思念家乡一般，感到一种莫名的惆怅。

我们读唐宋词中的一些名句，比如"何处是归程，长亭更短亭"（李白《菩萨蛮》），比如"问君能有几多愁，恰似一江春水向东流"（李煜《虞美人》），比如"流光容易把人抛，红了樱桃，绿了芭蕉"（蒋捷《一剪梅·舟过吴江》），等等，感到的也是一种惆怅。这种惆怅是一种诗意和美感。康德曾经说过，有一种美的东西，人们接触到它的时候，往往感到一种惆怅。这是一种美感。这种美感中包含了一种人生感、历史感、宇宙感。这种美感，就是尼采说的"形而上的慰藉"。

《红楼梦》的另一位主人公林黛玉同样富有生命的忧患感。她也时刻有一种思念故乡、寻找故乡而找不到的一种悲伤，比如她说："望故乡兮何处？倚栏杆兮涕沾襟。"她总是在繁华中感受凄凉。林黛玉有一句诗是"冷月葬花魂"，对她来说，"冷月葬花魂"这句诗昭示着生命的真谛，同时也概括了她对于人生的体验。她的多愁善感，是一种深刻的人生感。生活中的美，不是使她欢乐和陶醉，而是使她伤感，使她五内俱焚，泣不成声。最集中地表现她的人生感的当然是她的《葬花吟》。"天尽头，何处有香丘？"这是对人生终极意义的追问。贾宝玉、林黛玉都思念故乡，寻找故乡。故乡是生命的出发点，又是生命的归宿，故乡是本源性的存在。回归故乡，就是回归本源。那么故乡在哪里？小说的结尾有一首歌：

> 我所居兮，青埂之峰。我所游兮，鸿蒙太空。谁与我游兮，吾谁与从。渺渺茫茫兮，归彼大荒。

青埂就是情根，那么"青埂峰"是什么？是汤显祖所说的"有情之天下"，还是那渺渺茫茫的鸿蒙太空，也就是那个无限的"天"？小说似乎没有提供答案。

在朦胧之中，我们似乎隐约感到，"天尽头"就是"有情之天下"，所以最后要回到"青埂峰"。"情"是生命的本源，"有情之天下"就是本源性的存在，就是贾宝玉、林黛玉日日思念的故乡。

这个就是《红楼梦》的人生感、宇宙感，这是《红楼梦》意蕴的第三个层面。过去没有一部小说在这么深刻的意义上提出人的本源性存在的问题。《红楼梦》之所以伟大，一个重要的原因，是因为它有这个哲理性的层面。

四、《红楼梦》三个意蕴的关系

《红楼梦》意蕴的这三个层面是一层一层往前递进的。《红楼梦》的人物、情节构成一个历史的、生动的、具体的社会生活的画面,这是第一层。作者的审美理想突破了这个现实,这是第二层。再进一步,从根本上追问和体验人生的终极意义和价值,这是第三层。

《红楼梦》意蕴的第一个层面和第二个层面,就是对当时社会生活、人情世态的反映和悲剧性,都是与特定的历史时代相联系的;第三个层面,就是对人生终极意义的追问,也是与特定的历史时代相联系的,但是又超出了一定的历史时代。它写出了不同时代的人所共有的体验和感受,这个是艺术作品中带有永恒性的东西。

以上是我根据自己的理解对《红楼梦》意蕴的一种阐释。我们在开头说过,《红楼梦》是说不完的。唐代的大思想家柳宗元有一句名言:"美不自美,因人而彰。"这句话用于艺术作品,可以从两层意思来理解。一层意思是说,艺术作品的意蕴,必须要有欣赏者的阅读、感受、领悟、体验才能显示出来。这种显示是一种生成。再一层意思是说,一部艺术作品,经过"人"的不断体验和阐释,它的意蕴,它的美,也就不断有新的方面或者更深的层面被揭示、被照亮。从这个意义上说,艺术作品的"意蕴",艺术作品的美,是一个永无止境的历史的显现的过程,也就是一个永无止境的生成的过程。当代作家宗璞先生有一段话,她说:"《红楼梦》是一部挖掘不尽的书,随着时代的变迁,读者的更替,会产生新的内容,新的活力。它本身是无价之宝,又起着聚宝盆的作用,把种种睿思,色色深情都聚在周围,发出耀目的光辉。"这段话讲得非常好!我相信,我们中国人对《红楼梦》的阐释,将会一代又一代地继续下去;也正因为这样,《红楼梦》才永远是一部"活"的作品。

第四章　今古未有之一人——贾宝玉

李鹏飞

北京大学中文系副教授

一、《红楼梦》中的贾宝玉

1. 大家眼中的贾宝玉

《红楼梦》里写到了很多人物。根据著名红学家徐恭时先生的统计，《红楼梦》里描写的男性人物有495人，女性人物有480人，其中有名有姓、有具体称谓的有732人。不少人物都塑造得非常好，特别成功，成为超越真实人物的永久性艺术典型，这也可以说是《红楼梦》这部小说的一个杰出的艺术成就。

在过去一百多年的《红楼梦》研究里，《红楼梦》的人物研究成为一个很重要的内容。其中有一些代表性的论著，比如王昆仑的《红楼梦人物论》、蒋和森的《红楼梦论稿》、李希凡的《红楼梦人物论》，这些都是研究《红楼梦》人物的专著。周汝昌的《红楼梦与中华文化》和王蒙的《红楼启示录》中的部分章节，也在谈论《红楼梦》里的人物。吴组缃等先生的一些论文，也对《红楼梦》人物进行过专门的研究。他们的研究，都无一例外地涉及贾宝玉这个最重要的人物，让我们认识到这个人物形象的复杂性和丰富性。

我这里对贾宝玉的讨论，吸取了前辈学者的很多观点，同时也提出我个人的一些看法。有学者说贾宝玉是《红楼梦》的精神和灵魂，是小说复杂的人物关系网络和故事情节结构的枢纽。这个看法已经成为红学界的一个基本共识。鲁迅先生最早在《中国小说史略》里谈到《红楼梦》的时候，说过一句很精辟的话："悲凉之雾，遍被华林，然呼吸而领会之者，独宝玉而已。"由此看来，我们要理解《红楼梦》，首先就要理解贾宝玉这个人物形象的意义。而要理解贾宝玉这个人物形象的意义，我们又要先理解这个人物的性格、思想、情感和命运。

关于贾宝玉的性格，小说通过很多人物之口进行过不少直接评价。最重要和最著名的，就是第二回"冷子兴演说荣国府"中，说起宝玉衔玉而生这样的一件轶闻趣事，贾雨村听了之后就笑着说贾宝玉："果然奇异。只怕这个人来历不小。"紧接着，贾雨村就发表了一番著名的"正邪两赋论"。

　　故其气亦必赋人，发泄一尽始散。使男女偶秉此气而生者，在上则不能成仁人君子，下亦不能为大凶大恶。置之于万万人中，其聪俊灵秀之气，则在万万人之上；其乖僻邪谬不近人情之态，又在万万人之下。若生于公侯富贵之家，则为情痴情种；若生于诗书清贫之族，则为逸士高人；纵再偶生于薄祚寒门，断不能为走卒健仆，甘遭庸人驱制驾驭，必为奇优名倡。

如前代之许由、陶潜、阮籍、嵇康、刘伶、王谢二族、顾虎头、陈后主、唐明皇、宋徽宗……之流，此皆易地则同之人也。

贾雨村举出了一系列所谓"正邪两赋之人"。这些人都有一些共同点，周汝昌先生把这个共同点概括为以下几个方面：薄利名，鄙流俗，重性情，爱艺术，不务正业，落拓不羁，敢触名教，佯狂避世。正是这些特征构成了"乖僻邪谬不近人情"的独特品格。曹雪芹赋予宝玉"痴狂""呆傻""意淫""天分高明，性情颖慧""虽然淘气异常，但其聪明乖觉处，百个不及他一个"这样的性格特征，正是属于"乖僻邪谬不近人情"这样的范畴里的。周汝昌先生认为我们或许可以把这样的一类人称为"诗人型"或者"艺术家型"。这种人，以诗人之眼来观看世界人生，以诗人之心来感受悲欢忧乐，以诗人之笔来表现和抒写其所见所感。这种人感受能力极敏锐，领悟能力又极高强，他们多情善感，触事移神，也比通常人承担着十倍百倍的喜悦和痛苦。

从贾宝玉这个人物身上所具备的这样一种超时空的性格共性来看，周汝昌先生的这个概括我觉得是非常精辟的。曹雪芹在塑造这样一个人物的时候，他既意识到了历史上所有与此同类者的共同性格特点，对他们的共性进行了高度的抽象，上升到了哲学思考的层次，同时他也生动细腻地描写了这样一个共性在贾宝玉这一特定的时代产儿身上的各种具体表现。

2. 贾宝玉的天性

我们可以说，在任何现实的或者文学的人物形象身上，他们的性

贾宝玉 《红楼梦图咏》[清]改琦

格里都具有天赋的成分。欧丽娟教授把这个"正邪两赋论"追溯到中国古代以"气论"为中心的先天禀赋观。[1] 我们看到曹雪芹塑造贾宝玉这个人物形象的时候，是融入了他对传统的人物天性观念的一种理解和思考。小说对宝玉的某些性格特点的表现，也应该是从天性的这个角度来进行理解的，比如小说的第三十五回写到傅试家的两个婆子议论贾宝玉时说的一段话。傅试家里有个妹妹叫傅秋芳，他想把傅秋芳配给贾宝玉。这两个婆子来看宝玉，离开怡红院的时候，她们在路上说了下面这段话。

> 我前一回来，听见他家里许多人抱怨，千真万真的有些呆气。大雨淋的水鸡似的，他反告诉别人"下雨了，快避雨去罢"。你说可笑不可笑？时常没人在跟前，就自哭自笑的；看见燕子，就和燕子说话；河里看见了鱼，就和鱼说话；见了星星月亮，不是长吁短叹，就是咕咕哝哝的。

这是婆子议论宝玉的话，当然这番话，也是听到贾府里其他人私下里议论宝玉的这个话。

我们再来看第五十八回里写宝玉大病初愈后，到大观园里散步、游玩。小说里写他从沁芳桥一带堤上走过来，看到一株大杏树。这个时候正好是春天，杏花都已经全落了，长出了稠密的绿叶，上面已经结了豆子大小的许多小杏。宝玉心想，自己才病了几天，竟把杏花辜负了！不觉倒"绿叶成荫子满枝"了！因此就仰望杏子而不舍。

---

1 欧丽娟：《〈红楼梦〉"正邪两赋"说的历史渊源与内涵——以"气论"为中心的先天禀赋观》。

这个时候，他又想起了邢岫烟已经择配了夫婿一事，虽说是男女大事，不可不行，但未免又少了一个好女儿。贾宝玉是有这个少女崇拜情结的，他心里最害怕的就是少女嫁为人妻，从他心目中的珠宝变成鱼的眼睛。他很惋惜邢岫烟，觉得她配了这个夫婿，不用过两年，便也要像杏花、杏树一样，"绿叶成荫子满枝"了。再过几日，杏树的果实也落了，叶子也掉了，枝头变得空落落的。再过几年，邢岫烟满头的黑发会变成银丝，美丽的容颜也变得枯槁了。因此宝玉不免伤心，只管对杏流泪叹息。正悲叹的时候，忽有一个雀儿飞来，落于枝上乱啼。宝玉又发了呆性，心下想道：

> 这雀儿必定是杏花正开时他曾来过，今见无花空有子叶，故也乱啼。这声韵必是啼哭之声，可恨公冶长不在眼前，不能问他。

公冶长是孔子的七十二弟子里的一位，他能够听懂鸟鸣叫的意思。宝玉听到雀儿在那儿啼鸣，心里就想，可恨公冶长不在眼前，不能问他这个雀儿的啼鸣是什么意思。

从这样一段描写里，以及上面所说到的傅试家的两个婆子的议论里，我们可以看出贾宝玉的一些性格特征，他是有一种天真敏感的，而且是有主客观似乎还没有完全分离的一种心性和一种思维特点。这完全是稚子与儿童的行为特点，符合小朋友的思维特征。小朋友在只有几岁的时候，会跟手中的玩具说话；还有像猫、狗这些小动物，小朋友也可以跟它们说话。宝玉这个时候已经长大成人，都已经开始要谈婚论嫁了，但是他仍然是童心未泯，保有一颗赤子之心，非常富于想象力，很善于体察人情和物情，能够设身处地地体会客观事物，保有这样一种情思。贾宝玉不仅特别能够站在他人的立场上感受他人的痛苦和悲伤，甚至还能够移情于燕子、鸟雀、鱼儿，还有星星、月亮这些动物以及无生命的事物，把它们当成有情之物来和它们交流自己的情感和思想，这就是一种典型的艺术家天性。在一般世俗成年人的身上，我们是不大可能看到这样的特点的。

这个也让我们想起宋朝的张载，在他著名的《西铭》里写到过"民胞物与论"（民，吾同胞；物，吾与也）的思想。这种性格特征，我们认为是一种天赋，一种情性。这种天赋的情性，超越了时代、阶级、身份，是很多文学家、艺术家身上的一种共性。

二、贾宝玉性格中的同情心

1. 贾宝玉对年轻女子的同情心

在宝玉的性格里，表现得最为典型的是他的深切的同情心，他纯真自然的态度，以及真诚、深挚、热烈、细腻、专注的情感世界。这种本真天性跟现实生活之间的矛盾冲突与格格不入，则表现为众人眼中的一种痴狂呆傻、偏僻乖张。

很多学者都指出，宝玉的这种同情心尤其体现在他特别能够站在那些年轻女子的立场上，去体察她们的悲苦和隐痛，担忧她们受侮辱、受损害、受压迫的处境。

小说一再写到他对鸳鸯、袭人、香菱、平儿、晴雯、芳官、龄官、彩霞、柳五儿、尤二姐、林黛玉等人的关怀和怜惜。尤其是对于他所深爱的林黛玉的精神和情感世界，他有着比任何人都更无微不至、更设身处地、更深刻透彻的同情和理解。第二十七和第二十八两回写到著名的黛玉葬花吟诵《葬花吟》这一段。宝玉听到黛玉吟诵的《葬花吟》，不禁被黛玉感花伤己的悲伤情怀所深深地打动，恸倒在山坡之上。小说里对宝玉的心理活动进行了一番这样的描写：

> 试想林黛玉的花颜月貌，将来亦到无可寻觅之时，宁不心碎肠断！既黛玉终归无可寻觅之时，推之于他人，如宝钗、香菱、袭人等，亦可到无可寻觅之时矣。宝钗等终归无可寻觅之时，则自己又安在哉？且自身尚不知何在何往，则斯处、斯园、斯花、斯柳，又不知当属谁姓矣！——因此一而二，二而三，反复推求了去，真不知此时此际欲为何等蠢物，杳无所知，逃大造，出尘网，始可解释这段悲伤。

这段文字真是中国古典文学里最精彩的一段！从对具体所爱对象的青春和生命的同情与怜惜，上升到对当时年轻女性群体的青春和生命的同情与怜惜，再深入到对人生、世事与生命本身的无常与脆弱的更深刻的领悟与同情，这是对宝玉善于联类而及、推己及人的深广的同情心的最强有力的表现！

小说接下去就写林黛玉听到宝玉的悲声，听到有人恸倒在山坡之上，心里想道："人人都笑我有些痴病，难道还有一个痴子不成？"对这么一句话，我们不能完全只从字面上去理解，因为以黛玉的灵心慧性，怎能不懂得宝玉在山坡上恸哭？在论及宝黛爱情的思想基础的时候，大家都会反复地强调，二人有着共同的价值观念。宝玉厌恶仕途经济，而黛玉也从不鼓励宝玉去走仕途经济之路，二人有着共同的人生追求，是彼此真正的知音。但同样不能忽略的是，在更根底处，宝黛二人还有着相同的诗人的天性，在对世界、情感、生命的敏感、颖悟和体察上，二人有着极为强烈的共鸣。对于这种更根本性意义上的一种"惺惺相惜"，小说里有过很多描写。比如最著名的就是写宝黛初次相见的时候，心里都觉得曾经在什么地方见过对方，对彼此都怀有着这样一种似曾相识的感觉，这就是在表现他们两个人在性格、思想、精神方面的一种相似性。所以在这个地方，林黛玉说两人都有些"痴病"，我们应该从这样一个意义上来理解。

2. 贾宝玉对刘姥姥的同情心

宝玉的同情心，其实也不只是如有些学者所说的那样，只是表现在对年轻女性的同情上，仿佛宝玉只喜欢年轻的女孩子，只同情年轻的女孩子。其实并不是这样的。小说特别着重地去表现了宝玉对少女的崇拜情结，他公然声称少女是水做的骨肉，是无价的珠宝；但他特别讨厌男人，连带着也讨厌那些沾染了男人臭味的已婚女人，所以他对大观园里的那些老婆子自然都是深恶痛绝；但值得注意的是，小说里却让我们很意外地看到了贾宝玉对一个贫穷的农村老婆婆刘姥姥的同情和关心。这种同情和关心是发自内心的，表现得非常真挚。

小说的第三十九到第四十一回，写刘姥姥二进荣国府，以凤姐和鸳鸯为首的一群人做好了圈套，打算拿刘姥姥来寻开心，把她当个

"女篾片"，尽情地取乐，尤其是要来取悦贾母。甚至连林黛玉，也把这个刘姥姥比作"母蝗虫"，逗得众姐妹都捧腹大笑。

小说里写道，众人在栊翠庵品了茶，贾母把她喝过的那杯茶就递给了刘姥姥，刘姥姥接过去一饮而尽。事后妙玉嫌刘姥姥脏，就准备把刘姥姥用过的一个成窑五彩小盖盅扔掉。这个成窑五彩小盖盅应该是一个比较贵重的文物。后来大家离开栊翠庵的时候，宝玉就跟妙玉赔笑道："那茶杯虽然脏了，白撂了岂不可惜？"又说："不如就给那贫婆子罢，他卖了也可以度日。你道可使得？"妙玉听了之后，想了一想，点头说道："这也罢了。"毕竟是宝玉开口请求。又说："幸而那杯子是我没吃过的，若是我吃过的，我就砸碎了也不能给他。你要给他，我也不管你，只交给你，快拿了去罢。"宝玉听了就笑道："自然如此，你那里和他说话授受去，越发连你也脏了。只交与我就是了。"这里我们可以看到，宝玉这个话里其实是带有一点嘲讽之意的。

接着，妙玉便命人把这个杯子拿来，递给了宝玉。宝玉便把这个杯子放到他的袖子里，又递与贾母房中小丫头拿着，叮嘱她说："明日刘姥姥家去，给他带去罢。"

妙玉是栊翠庵里带发修行的小尼姑。在她的判词里有两句话，"欲洁何曾洁，云空未必空"。就是说妙玉作为一个出家人，按说她心里应该是有更多的慈悲之心，应该是众生平等的。结果我们看到她竟然嫌弃刘姥姥，这个乡下老婆子，嫌弃她脏，连她喝过水的杯子都准备要扔掉。而跟她形成鲜明对比的就是贾府的贵公子贾宝玉。从这个对比中，我们能够感觉到曹雪芹是要通过宝玉跟众人对刘姥姥的不同态度的对比，来表现宝玉对穷苦人发自内心的真诚同情和关怀。在号称有着济困扶贫、怜贫惜老传统的贾府，其实只有贾宝玉，只有他是真正具有一颗无比宝贵而真挚的同情心的人！曹雪芹正是通过这样的描写，表达了他对中国传统文化里宽仁厚爱精神的一种深沉的赞美！

在中国古典文学史上，有很多诗人、文学家身上都表现出了这样一种精神，因此可以说，宝玉的这种仁爱的精神也正是他的诗人天性中的一个重要的组成部分。

"泛爱众而亲仁"，以至于"爱博而心劳"，在一个冷酷的环境里，在那些冷漠无情的，或者说自我中心主义的人看来，这也许就是一种呆子的行为吧？《红楼梦》里写傅试家的两个婆子以及众人背后对宝玉的议论，不正好说明了这一点吗？

三、贾宝玉性格中的率性与自然

1. 贾宝玉亲近自然物和少女的美

纯真、率性、自然、深挚、不虚伪、不造作，这些都是贾宝玉性格中十分重要的特点。关于这些，曹雪芹在小说里也有很多表现。在第十七回"大观园试才题对额"这一部分中，贾宝玉就曾当着贾政和众清客相公的面发表了一通他对"天然"之美的看法，认为即使是园林布置，也应该循自然之理，得自然之气，不应该依仗人力穿凿扭捏而成。这番话不应该仅仅被视为宝玉对园林之美的一种看法，而更应该被视为宝玉的一种人生哲学。他是特别反对矫揉造作、反对违背扭曲人性的一切人为的行为的，他自己的人生也是在努力遵循着这样的一种自然之理来安排的。宝玉热爱自然之物，这也表现在他对大观园里那些植物的如数家珍，表现在他看到燕子就跟燕子说话、看到鱼儿就跟鱼儿说话。对自然物和自然物的这种美，他有一种天然的亲近和领悟。

这不禁让我们联想到宝玉的前身神瑛侍者用海水浇灌绛珠仙草的神话故事。抛开这个故事的象征意义不谈，它难道不也让我们看到了宝玉性格里热爱自然的天性吗？

这种率性、自然的性格更典型地表现在宝玉对一切污染、扭曲、破坏人的自然本性的做法的拒绝和厌恶上。贾宝玉最为众人所诟病、所不解的少女崇拜情结的根源其实就在于，那个时代的年青女子因为无须跟现实社会有多少交涉而保持住了她们的纯真自然本性，而男性因为无可避免地必须深深地融入那个现实社会，很大程度上就失去了他们的自然本性。因此，宝玉视女儿为水做的骨肉，见了这个女儿便觉清爽；视男人是泥做的骨肉，见了这个男子他就觉得浊臭逼人。他最害怕的就是少女出嫁之后，染上男人的臭味，从无价的珠宝堕落成死鱼的眼睛。

因此，我们不妨把宝玉对少女的这种强烈的亲近感理解为他对人类这种自然本性的珍重和热爱，加上异性之间的一种天然的吸引力，宝玉就产生了一种对年轻女性的神圣感和崇拜感，这是完全可以理解的。

2. 贾宝玉厌恶时文八股和仕途经济之路

宝玉不仅仅害怕年青女子的这种纯真天然的本性被扭曲和破坏，他更害怕，也更抗拒自己的自然本性被扭曲和破坏。宝玉向来"懒与士大夫诸男人接谈，又最厌峨冠礼服贺吊往还等事"，喜欢率性而为，不愿受世俗礼仪的约束。宝玉说他特别不喜欢跟这些做官的人，比如说贾雨村这样的人交往。贾政有时候让他去跟贾雨村他们见面，宝玉内心深处是特别地厌恶。他很不喜欢这些世俗的繁文缛节。

宝玉在读书上也喜欢"杂学旁搜"，不喜欢读正经书。用我们今天的话来说，可以理解为他不喜欢读这些语文、外语、数学课本，不喜欢看这些正经的书，而喜欢读网络小说。宝玉有一句很有名的话，说除了《四书》，别的书都是杜撰的，甚至说要将别的书都焚了。然而对于《四书》，他也未必真正喜欢去读。这个在小说里是有过描写的。贾政要抽查宝玉背《四书》，结果他只能背《论语》，《孟子》有一半就背不出。小说里还写到他去读《西厢记》这些杂书，还有茗烟给他从外边搜来的通俗小说什么的，那些估计是他很喜欢读的。

宝玉说他最讨厌的还是时文，也就是八股文；他不喜欢读，也不喜欢去学着写。他平素"深恶此道"，认为这些"原非圣贤之制撰，焉能阐发圣贤之微奥，不过作后人饵名钓禄之阶"。但是在宝玉所生活的那个时代，或者说在曹雪芹所生活的那个时代，一个文人、一个读书人，如果不读八股文，不写八股文，就没有办法去参加科举考试，也就没有办法去走上仕途经济之路，没有办法去做官。

小说里还写到宝玉周围的这些人也会经常劝他去走这个仕途经济之路，比如宝钗和湘云有时就会劝宝玉，要他去跟贾雨村这些人交往。宝玉反驳说："好好的一个清净洁白女儿，也学的钓名沽誉，入了国贼禄鬼之流。这总是前人无故生事，立言竖辞，原为导后世的须眉浊物。不想我生不幸，亦且琼闺绣阁中亦染此风，真真有负天地钟灵毓秀之德!"

这个话说得很重。宝玉其实对宝钗和湘云本身,并没有什么特别的反感,甚至可以说很喜欢湘云。但是当她们两位劝他去走这个仕途经济之路的时候,宝玉立刻就跟她们翻了脸,非常地生气,让宝钗和湘云两个人都下不了台,脸上都挂不住。

小说里还写到,独有林黛玉自幼不曾劝宝玉去立身扬名,所以宝玉深敬黛玉。

3. 从贾宝玉看一个时代

八股时文、科举制度与仕途经济之路,在宝玉的心目中,都不过是培养"沽名钓誉"之徒和"国贼禄鬼之流"的一种工具,是污染和扭曲人的自然灵性的一种可恶的手段。这种思想就让我们自然地想到明代思想家李贽的那篇著名的《童心说》。李贽在《童心说》里说过一句很有名的话,他说:"六经、《语》、《孟》乃道学之口实,假人之渊薮也,断断乎其不可以语于童心之言明矣。"就是说六经、《论语》、《孟子》这些儒家最看重的经典,是道学家口头说说的言辞,是培养虚伪者的渊薮,完全跟人的这种纯真天性不搭界。有学者指出曹雪芹的思想渊源就是明末的重情和反理学的思潮,我认为这种说法还是很有见地的。

出于对自己的这种自然本真天性的维护,宝玉拒绝走上那个时代的读书人唯一的出仕之路,就很难再找到其他的道路,很难再找到其他能够被他的家族、亲朋好友和时代所认可的人生道路,不可避免地就成了一个被薛宝钗所嘲讽的所谓"富贵闲人"。宝玉最喜欢、最愿意的,就是成天在内帏里厮混,跟那些清白的女儿厮守在一起。

小说里多次写到宝玉的这种爱好。比如有一次他在极度愤激和冲动的情况下，就说他恨不得立刻死了，让他周围的女孩子们哭他的眼泪流成一条大河，把他的尸首漂起来，送到哪个鸦雀不到的幽僻之处，随风化了，从此以后再不要托生为人。他认为这就是"死的得时"，是他的一种造化。这个话真的是很令人震惊。宝玉是一个十几岁的少年，但他这番话说得非常沉痛，非常绝望，非常悲伤。一个年纪轻轻的少年人心里怎么会积压了这么多忧伤和绝望？他甚至不愿意在将来再托生为人。这真的是一种特别沉痛的语言了。

《左传》里有一个著名的"人生三不朽"的说法，所谓立德、立功和立言。宝玉的这一番话，跟所谓"三不朽"的儒家传统价值观确实有着巨大的差别，显得非常惊世骇俗、离经叛道。吴组缃先生把宝玉的这种思想和情感归结为虚无主义和感伤主义，认为这是一个人对现实生活感到无能为力的时候，很容易产生的一种情绪。王蒙先生曾经把宝玉这种形象、这种人物类型跟俄罗斯文学里的"多余人"，加缪小说里的局外人，易卜生戏剧里的孤独智者，还有屠格涅夫笔下的能说而不能行动的人物加以类比，不过王蒙先生认为宝玉跟这些人物类型又有所不同，应该说他更丰富，更具有中国文化的特点。

由宝玉，我们可以联想到跟《红楼梦》同时代的《儒林外史》中的杜少卿、庄绍光、虞博士这样一批优秀的读书人，他们也都厌恶八股科举，也都为了保持各自人格的独立、遵循自己所信奉的人生信条而拒绝融入主流的官僚社会，拒绝跟世俗的文人群体同流合污。当然，他们也同样没有力量去改变自己所厌恶的那种社会现实，从而无可避免地成为那个时代的局外人和漂泊者。曹雪芹在北京写《红楼梦》的时候，吴敬梓正好在南京的秦淮河畔写《儒林外史》。这两部小说产生的时代，几乎是完全重叠的。在同一个时代的这两部伟大的小说里，都出现了这样一类处境、行为和思想都十分相近的人物形象，这难道只是一种偶然的巧合吗？这个现象也是很值得我们深入去思考的。

四、贾宝玉性格中的痴、狂、疯、傻

1. 贾宝玉与林黛玉的爱情

在宝玉的性格中，痴、狂、疯、傻这样的特点是被曹雪芹以各种方式一再予以强调的。对于这样的特点，周汝昌和王蒙两位先生曾分别从文化传统和精神情感这两个角度进行了精深的阐发，他们指出宝玉的"痴"的一个重要表现在于情之深、情之至、思虑之深、悲哀之深、直觉与预感之深，还有他那种不顾一切的、令人动容的坦诚。如果用小说里的话来说就是"情痴""情种"，用批语里的话来说就是"圣之情者也"。这种特点最深刻的表现自然莫过于小说里对宝黛爱情的描写，尤其是对宝玉的这种无比赤诚、热烈、深挚的爱的表现，这在中国古典文学里是找不出其他可以与之媲美的例子的。

有不少学者都提到过这样的观点，认为在中国古典小说里，甚至在中国古典文学里，是没有一种真正爱情的表现的。比如张爱玲就曾经说过，中国文学里没有爱情的位置。但她同样认为，《红楼梦》里宝黛的爱情，是一种真正的爱。

小说对于宝黛爱情的描写，最令人难忘和感动的，有黛玉吟《葬花吟》、宝玉诉肺腑、紫鹃试宝玉、颦卿思故里等经典场景，它们把宝玉对黛玉那种刻骨铭心的、建立在深刻理解与怜惜基础上的、把自己全部生命和存在感都跟对方深深联系在一起的爱情，无比生动有力地表现了出来。这种深刻感人的爱情力量，我认为超过了莎士比亚戏剧里的罗密欧与朱丽叶之爱，也超过了歌德小说里少年维特对绿蒂的爱，当然也超过了陀思妥耶夫斯基的《白痴》里梅什金公爵对纳斯塔霞的爱；也许只有托尔斯泰的《战争与和平》里娜塔莎与安德烈公爵之间的爱，以及帕斯捷尔纳克笔下拉拉与日瓦戈医生之间的爱，那种痛苦悲怆的、忧伤深沉的、深入到生命与存在根底处的爱情，才能与宝黛之爱相提并论。

我认为这种爱甚至已经具备了一种神性的意味，真是"此曲只应天上有，人间能得几回闻"。它是神话世界中神瑛侍者对绛珠仙草那种纯净澄明、不掺杂任何尘滓的爱恋在人世间的投影，在污浊的尘世土壤中不可能生根、开花、结果，从而只能无可避免地走向其宿命的悲剧性的结局。从宝玉的这个角度来看，在经历了如此刻骨铭心的、超凡脱俗的爱情体验之后，一旦失去这个爱的对象和寄托，他是绝不可能再接受那样一种"举案齐眉"的世俗之爱的。后来黛玉泪尽而亡，宝玉跟宝钗结婚。判词里说他"空对着山中高士晶莹雪，终不忘世外仙姝寂寞林"，最终选择悬崖撒手，出离红尘，重归青埂峰无稽崖和灵河岸边三生石畔。这种结局的安排明白无误地告诉我们：宝玉所代表的这样一种圣洁人格与圣洁的爱在扰扰红尘之中是找不到其真正永久的存身之处的。这大概是《红楼梦》所表现的最沉痛、最令人绝望的一个悲剧，也是曹雪芹通过贾宝玉这样一个人物所表现的最沉痛、最令人绝望的一个悲剧。

2. 曹雪芹明贬暗褒下的贾宝玉

最后让我们回过头来看看小说第三回提到的第一首《西江月》。

> 无故寻愁觅恨，有时似傻如狂。纵然生得好皮囊，腹内原来草莽。
>
> 潦倒不通世务，愚顽怕读文章。行为偏僻性乖张，那管世人诽谤！

这首词据小说里讲，是"后人"所作的两首词，拿过来形容宝玉，特别地恰当。曹雪芹用这首词来代表一般世俗旁观者的角度，从他们的眼中所看到的宝玉就是这样的一个形象，他们所看到的都是宝玉的性格的全部外在表象，可以对应于小说里所写到的那些一般人对宝玉的态度。

我们再来看看小说其他地方对宝玉的描写，比如第十五回，写贾宝玉路谒北静王。北静王看到宝玉之后，由衷地夸奖了一句："名不虚传，果然如宝似玉。"再看第十九回里写宝玉的奶母李嬷嬷，她说宝玉是个丈八的灯台——照见人家，照不见自家。这个歇后语原来的意思，是说一个人没有自知之明，只看到别人的缺点，看不到自己的缺点。但是曹雪芹在这个地方用这个歇后语，他要表达的意思显然已经不再是这个歇后语的原意。我想他应该是说宝玉像一个灯一样，照见了人家，不会照见自家；只想到别人，而不会想到自己。这跟小说里对宝玉的性格表现是比较一致的。

我们再看第二十二回里写黛玉跟宝玉参禅的时候，黛玉质问宝玉，说了一句话："至贵者是'宝'，至坚者是'玉'，尔有何贵？尔有何坚？"这个话说得很厉害，把宝玉给问住了，所以宝玉从此以后就不再参禅了，认为自己的灵根慧性不如黛玉。但是我们不要把这句话仅仅理解为是黛玉在质问宝玉对禅学的理解，至贵者是"宝"，至坚者是"玉"，这个其实是对宝和玉的崇高赞美。通过上面的阐析，我们可以领悟到曹雪芹对宝玉这个人物的一种深藏不露的高度赞美。

曹雪芹在《红楼梦》里运用的艺术手法是非常复杂的，周汝昌先生曾经说过，曹雪芹在描写人物的时候，对人物的态度深藏不露，有时候是明褒暗贬，有时候是明贬暗褒。他对宝玉的描写，有的地方就是明贬暗褒，表面上好像是通过众人的口在贬低宝玉，实际上隐藏在背后的言外之意是对宝玉的一种赞美。

不管学者们是如何客观地分析出宝玉性格里存在着的种种缺陷、种种弱点，我们都会被他身上那种对世界与人生的深切领悟，被他对他人痛苦悲愁的感同身受的体贴与同情，被他推己及人、民胞物与的人文主义情怀所深深感动，也为他在生活中所遭遇的误解与压制，为他面对丑恶现实时的软弱与无力，为他真挚、热烈而深沉的爱情的破灭，感到深深的哀伤与遗憾。

作为《红楼梦》的精神和灵魂，贾宝玉的性格特点和内涵会是一个永恒的、说不完的话题，不同时代、不同身份、不同人生阅历的读者眼中的贾宝玉也不会是完全一样的。正如苏轼诗所说："横看成岭侧成峰，远近高低各不同。"我们还可套用一下那句众所周知的名言：有一千个读者，就会有一千个哈姆雷特。我们可以说有一千个读者，就会有一千个贾宝玉——这么说，也许并不为过。

第五章　王熙凤形象鉴赏

张庆善
中国红楼梦学会会长

一、众人眼中的王熙凤

1. 鲜活的艺术形象

如果问《红楼梦》当中第一主人公是谁，大家一定会异口同声地说是贾宝玉，这当然很对。

但如果问《红楼梦》中哪一个人物形象描写得最精彩、刻画得最成功，我想大家的回答就不一定"异口同声"了，但我相信绝大多数的人在此时都会想到一个名字——王熙凤。我认为王熙凤是《红楼梦》诸多人物中刻画得最为成功的艺术形象，也是中国古典小说中最鲜活的艺术形象。在《红楼梦》的艺术世界里，王熙凤的形象就其丰富性、复杂性、真实性、生动性来说，都是无可争议的《红楼梦》"第一"。不仅如此，她还是《红楼梦》中最重要的人物之一，作者在她身上倾注的笔墨一点也不比第一号主人公贾宝玉来得少，她在《红楼梦》结构中的作用和贾宝玉一样重要。

翻开《红楼梦》，我们会看到很多回目都有王熙凤的名字，有她名字出现的回目之多，甚至超过了贾宝玉、林黛玉、薛宝钗，这充分体现了王熙凤在《红楼梦》中的重要作用。

第 七 回　送宫花贾琏戏熙凤　宴宁府宝玉会秦钟

第 十 一 回　庆寿辰宁府排家宴　见熙凤贾瑞起淫心

第 十 二 回　王熙凤毒设相思局　贾天祥正照风月鉴

第 十 五 回　王凤姐弄权铁槛寺　秦鲸卿得趣馒头庵

第 二 十 回　王熙凤正言弹妒意　林黛玉俏语谑娇音

第 二 十 五 回　魇魔法姊弟逢五鬼　红楼梦通灵遇双真

第 四 十 四 回　变生不测凤姐泼醋　喜出望外平儿理妆

第 五 十 四 回　史太君破陈腐旧套　王熙凤效戏彩斑衣

第 六 十 七 回　见土仪颦卿思故里　闻秘事凤姐讯家童

第 六 十 八 回　苦尤娘赚入大观园　酸凤姐大闹宁国府

第 七 十 二 回　王熙凤恃强羞说病　来旺妇倚势霸成亲

谈到王熙凤，我们很容易想到著名红学家王昆仑先生说的一句非常精彩、非常有名也流传很广的话，这句话就是："恨凤姐，骂凤姐，不见凤姐想凤姐。"（王昆仑《红楼梦人物论·王熙凤论》）

这句话之所以称得上精彩、经典，就在于这句话非常形象、生动和准确地说出了人们对王熙凤艺术形象复杂的阅读感受，就是爱恨交加。王熙凤真是一个令人爱恨交加、难以忘怀的艺术形象，这在中国文学史乃至世界文学史上都是极为罕见的艺术现象。

王熙凤到底是怎样一个人？人们为什么对她爱恨交加？我们到

王熙凤 《红楼梦图咏》 [清]改琦

底该怎样认识和评价王熙凤？我们不妨先从《红楼梦》中上上下下的人物对她是怎样介绍和评价谈起。

2. 王熙凤的身份

王熙凤是贾母的大儿子贾赦的儿媳妇，贾琏的妻子，贾政的夫人王夫人是她的姑姑，就是说王熙凤也是出自金陵四大家族之一的王家，也就是"东海缺少白玉床，龙王来请金陵王"的王家。在荣国府，王熙凤是贾宝玉的嫂子。此外，王熙凤与贾宝玉还有一层亲戚关系，他俩是姑舅亲。王熙凤的父亲是王夫人的大哥，也就是贾宝玉的大舅；贾宝玉的母亲王夫人是王熙凤父亲的妹妹，也就是王熙凤的姑姑。在中国传统的血缘亲情关系中，姑舅亲还是比较亲近的亲戚关系，俗语说："姑舅亲，辈辈亲，打折骨头，连着筋。"从血缘关系来讲，姑舅亲比姨表亲要亲近。所以在《红楼梦》中，贾宝玉总是称凤姐是姐姐，而不叫她嫂子。知道这些关系，对了解王熙凤在贾府中的人际关系、了解王熙凤与贾宝玉的关系，都是很有必要的。

王熙凤出身于四大家族之一，这一点很重要，因为在贾府的主子夫人中，出身四大家族的只有三个人，即贾母、王夫人、王熙凤。贾母出自史家，王夫人、王熙凤都出自王家。出身于四大家族对于她们在贾府的地位是十分重要的。

王熙凤的名字在《红楼梦》中出现得比较早，第二回中冷子兴演说荣国府时就提到了她。第三回王熙凤第一次出场的时候，书中就特别交代王熙凤"自幼假充男儿教养的，学名王熙凤"。王熙凤是她的"学名"，学名就是"大名"。贾母对她的介绍很是有趣："他是我们这里有名的一个泼皮破落户儿，南省俗谓作'辣子'，你只叫他'凤辣子'就是了。"我们一定要记住王熙凤这个绰号"凤辣子",这个绰号对她来讲,实在是太形象、太生动、太合适了。一个"辣"字形象地道出了王熙凤的性格特征。王熙凤在《红楼梦》中还有很多名字,不同的人源自不同的感受或是地位,对她有不同的称呼。"凤姐"毫无疑问是她最响亮的名字,还有"凤哥""琏二嫂子""琏二奶奶""凤丫头""巡海夜叉""醋坛子""阎王老婆"等。宠爱她的贾母常叫她"凤哥"、"凤丫头"或"猴儿",这是一种喜欢和溺爱的称呼。她的丈夫、恨她的下人背后则叫她"巡海夜叉""醋坛子""阎王老婆"。而怕她怕得要死、恨她又恨得要死的赵姨娘,甚至都不敢叫出她的名字,只是伸出两个手指,表示她要说的就是这位"琏二奶奶"。这些称呼,无不生动地表现出王熙凤在人们心目中的形象。

3. 众人对王熙凤的评价

第二回冷子兴演说荣国府时,重点介绍了王熙凤。他对贾雨村说,贾琏"自娶了他令夫人之后,倒上下无一人不称颂他夫人的,琏爷倒退了一射之地:说模样又极标致,言谈又极爽利,心机又极深细,竟是个男人万不及一的"。这里冷子兴连用了三个"极"字,不可泛泛看过,概括起来就是:王熙凤极漂亮、口才极好、心机极深。最后一句话很重要,"竟是个男人万不及一的",冷子兴是把王熙凤与"男人"做了比较以后得出的结论。在《红楼梦》中,写到王熙凤的美貌、才干等时,常常是用男人作为她的对照。这一点非常重要。

在《红楼梦》中对王熙凤有评价的还有三个人,都是不能不提的。一个就是周瑞家的。第六回写刘姥姥一进荣国府,刘姥姥本来是冲着王夫人来的,周瑞家的给她出主意说:"今儿宁可不会太太,倒要见她一面，才不枉来这里一趟。"这位周瑞家的本就是王夫人的陪房，是金陵王家的老人，对王熙凤是太了解了。她这么对刘姥姥说："我的姥姥，告诉不得你呢。这位凤姑娘年纪虽小，行事却比世人都大呢。如今出挑的美人一样的模样儿，少说些有一万个心眼子。再要赌口齿，十个会说话的男人也说他不过。回来你见了就信了。就只一件，待下人未免太严些个。"

我们是不是感觉到周瑞家的介绍和冷子兴的介绍很相似？不错，冷子兴原来就是她的女婿。不过，周瑞家的说得更具体生动，特别是说出了王熙凤"待下人未免太严些个"。"什么太严了？"第十四回里宁国府总管来升是这么说的："那是个有名的烈货，脸酸心硬，一时恼了，不认人的。"来升的评价，是"待下人未免太严些个"一句最好的注脚。

《红楼梦》当中对王熙凤最精彩的评价，来自一个叫兴儿的小厮。兴儿是跟随王熙凤丈夫贾琏的小厮。贾琏偷娶尤二姐，把尤二姐安置在小花枝巷，就安排这个兴儿去伺候尤二姐，显然兴儿是贾琏的亲信。兴儿无疑是站在贾琏的立场上，他回答尤二姐、尤三姐提问时，毫不留情地发泄了对王熙凤的不满，他对王熙凤的看法可谓入木三分。他说王熙凤"心里歹毒，口里尖快""嘴甜心苦，两面三刀；上头一脸笑，脚下使绊子；明是一盆火，暗是一把刀；都占全了"。这个兴儿也是蛮有文采的，语言真是生动。

看来，王熙凤在贾府里口碑确实不怎么好。不过倒有一个人对王熙凤评价很高，这就是秦可卿。《红楼梦》第十三回，秦可卿托梦给王熙凤，说道："婶婶，你是个脂粉队里的英雄，连那些束带顶冠的男子也不能过你。"这里，秦可卿又是把王熙凤与束带顶冠的男人做了比较,当然那些男人比起凤姐差远了。秦可卿把挽救贾府命运的希望寄托在王熙凤的身上。在《红楼梦》中,王熙凤与这位出身寒微的秦可卿关系最好,这是很耐人寻味的。

当然,说王熙凤的口碑不怎么好,那也不尽然。她与大观园的姑娘们的关系还是很好的,尤其她与贾宝玉、林黛玉的关系很好。别看林黛玉有时说凤姐"贫嘴贱舌",两个人还打打嘴架,其实她们俩的关系也非常好。王熙凤非常注意和大观园的姑娘们处好关系。第四十五回,大观园里的姑娘们要办诗社,探春请王熙凤参加,说:"我想必得你去作个监社御史,铁面无私才好。"王熙凤心知肚明,哪是姑娘们请她当什么"监社御史"呀,"分明是叫我作个进钱的铜商……你们的月钱不够花了,想出这个法子来拗了我去,好和我要钱"。所以李纨笑着说:"真真你是个水晶心肝玻璃人。"从中我们可以看出,王熙凤是很注意处理好与这些姑娘的关系的,很有心计,当然这有讨好贾母、让贾母高兴的原因,也有她对姑娘们真实感情的流露。正如她说:"我不入社花几个钱,不成了大观园的反叛了,还想在这里吃饭不成?"这既是王熙凤开玩笑的话,又表现出她处事的机灵和善变。

二、读书人眼中的王熙凤

刚才我们谈了书中上上下下的人物是怎么看王熙凤的,现在我们再看一看读书人、研究《红楼梦》的人是怎么评价王熙凤的。

自《红楼梦》产生以来,王熙凤就是读者、研究者议论最多的人物之一,但多数对她还是持否定的看法。讲的最多的,就是把王熙凤看作曹操一样的人物——阴险、狡诈、心狠手毒。

清代有一个《红楼梦》评点家叫涂瀛,他在《红楼梦论赞》中对王熙凤的评价最具代表性。他说:"凤姐,治世之能臣,乱世之奸雄也。"

清代蒙古族文学理论家哈斯宝则说,王熙凤是"曹孟德的女儿,李林甫的妹妹"。李林甫是唐玄宗时候的宰相,生性阴柔,精于权谋,特别是他惯于两面三刀,世人都称他是"口有蜜,腹有剑",也就是"口蜜腹剑"。

当代著名美学家、文艺评论家王朝闻则把王熙凤称为"美女蛇",说凤姐是"善于弄鬼的阴谋家"。

王昆仑在《红楼梦人物论》中说:"王熙凤是作者笔下第一个生动活跃的人物,是一个生命力非常充沛的角色,是封建时代大家庭中精明强干和泼辣狠毒的主妇性格的高度结晶。"

著名红学家何其芳则不同意把王熙凤与曹操简单地比附,他认为王熙凤"并不是曹操这个不朽典型的简单重复。女性的美貌和聪明,善于逢迎和善于辞令,把这个极端利己主义者更加复杂化了,更加隐蔽得巧妙了,因此我们在生活中从来不会把这两个名字混淆起来……这是一个笑得很甜蜜的奸诈的女性"(何其芳《论红楼梦》)。

应该说,在很长一段时间里,多数人对王熙凤的评价都不好,除王昆仑、何其芳等少数先生在评价中注意到王熙凤形象的复杂性以外,多数评价都有些简单化、绝对化了。红学发展到新时期以来,人们对王熙凤的评价则更为具体,更为全面,更注意她形象的多面性和复杂性,以及王熙凤形象的美学意义。人们认为,像过去那样评价王熙凤,比之作家展现在我们面前的这样一个丰满生动的性格世界而言,未免过于草率和简单了。著名红学家吕启祥先生认为王熙凤是

"魔力与魅力具存且不可分割"，说她是"一个充满活力的即使人觉得可憎可惧，有时却也是可亲可近的痛快淋漓的人物"。

曹雪芹笔下的王熙凤是一个极其丰富生动的形象，她的美与丑、精明能干与奸诈狠毒往往都是交织在一起的。她的智慧与诙谐，为大观园内外带来了欢乐，哪里有她，哪里就有笑声。她也并不是什么好事都不做，她对刘姥姥的接济、对宝玉的疼爱、对黛玉的真情、对秦可卿的关心，都表现出她"善"的一面。正如鲁迅所说："至于说到《红楼梦》的价值，可是在中国底小说中实在是不可多得的。其要点在敢于如实描写，并无讳饰，和从前的小说叙好人完全是好，坏人完全是坏的，大不相同，所以其中所叙的人物，都是真的人物。总之自有《红楼梦》出来以后，传统的思想和写法都打破了——它那文章的旖旎和缠绵，倒是还在其次的事。"（鲁迅《中国小说的历史的变迁》）

的确，王熙凤是不能用好人、坏人、正面人物、反面人物、野心家、阴谋家等简单的标签来概括的，这是一个极为复杂丰富的人物形象。人们为什么恨凤姐，骂凤姐，不见凤姐想凤姐呢，就在于这个形象的丰富性，她的阴险狡诈和狠毒与才干、智慧、诙谐有时很难截然分开。这样丰满生动的人物，无疑具有很高的审美价值。

三、"脂粉队里的英雄"与"美女蛇"

1. 王熙凤的美

以上书里和书外的人对王熙凤的评价，虽然不尽相同，但确实反映出这个人物的丰富性、复杂性，我们可以把王熙凤的形象概括为五

句话,这就是:

（1）一个漂亮的女人；

（2）一个能干的女人,包括她的口才、管理之才；

（3）一个贪婪的女人；

（4）一个残忍的女人；

（5）最终是一个悲惨的女人。

说到王熙凤的美,我们不妨从王熙凤在《红楼梦》中第一次登场说起。王熙凤的出场,历来为人们津津乐道,因为这一段描写太精彩了,对表现王熙凤的美、性格,非常重要。

王熙凤第一次出场是在《红楼梦》第三回,也就是黛玉进府那一回。王熙凤的第一次亮相,用现在的词语形容,可谓闪亮登场,她的言行举止及其穿戴服饰,都是那样与众不同,表现出她张扬的性格、她在贾府中非同寻常的地位、她受到老太太宠爱达到了怎样的程度。有人形容王熙凤的出场是"先声夺人"式的出场,书中写道:

一语未了,只听后院有人笑声,说:"我来迟了,不曾迎接远客!"

在贾府这样讲规矩的大家庭中,竟有人这样"亮相",就连大家出身的林黛玉也不免"纳罕"。黛玉为什么纳罕呢? 因为在贾府这样的贵族大家庭里,林黛玉的眼里看到的是:"这些人个个皆敛声屏气,恭肃严整如此,这来者系谁,这样放诞无礼?"黛玉的感觉是不奇怪的,王熙凤的第一次出场,确实表现出她的与众不同。

王昆仑说:"在《红楼梦》一部大书的开始,我们第一次看到王熙凤,她那活跃出群的言动,彩绣辉煌的衣装,就能使人觉得这个人物声势非凡。《红楼梦》作者对于王熙凤出场的写作之力,也并不弱于托尔斯泰之写安娜·卡列尼娜的出场吧?"

另一位著名学者舒芜先生说:"凤姐的出场,是'先声夺人'式的出场……她在'个个皆敛声屏气'的气氛中,听到凤姐屋外这一声,特别刺耳,特别有'放诞无礼'的感觉。这也正是作者特意要显示凤姐在这个家庭中,在贾母面前有宠有权的特殊身份。"(舒芜《说梦录·凤姐的出场》)

确实,王熙凤的出场与其他人不一样,作者正是要写出王熙凤的与众不同,写出她在贾府中的地位,她在贾府中受到的非同寻常的宠爱,只有王熙凤才敢在这样的场合"放诞无礼"。

我们一定会记得闪亮登场的王熙凤是个什么样子:

> 只见一群媳妇丫鬟围拥着一个人从后房门进来。这个人打扮与众姑娘不同:彩绣辉煌,恍若神妃仙子。头上戴着金丝八宝攒珠髻,绾着朝阳五凤挂珠钗;项上带着赤金盘螭璎珞圈;裙边系着豆绿宫绦双衡比目玫瑰珮;身上穿着缕金百蝶穿花大红洋缎窄褃袄,外罩五彩刻丝石青银鼠褂;下着翡翠撒花洋绉裙。一双丹凤三角眼,两弯柳叶吊梢眉,身量苗条,体格风骚,粉面含春威不露,丹唇未启笑先闻。

怎么样,难怪冷子兴说她"模样又极标致",周瑞家的也说"如今出挑的美人一样的模样儿"。我们欣赏王熙凤的美,一定要注意她的穿戴和佩饰。在《红楼梦》中,作者对王熙凤穿着打扮服饰和肖像的描写是极为罕见的,对别的人物很少用这样多的笔墨写她长什么样子、穿戴什么样的衣服。写贾宝玉穿戴打扮大约可以与王熙凤一比。书中特别交代,王熙凤的打扮与众姑娘的不同,她是"彩绣辉煌,恍若神妃仙子"。书中还细细地写到王熙凤头上戴着用金丝穿绕珍珠和镶嵌着玛瑙、碧玉制成的发髻,项上戴着的是用珠玉连缀起来的项圈等,总之是珠光宝气,彩绣辉煌,这当然是为了表现王熙凤张扬的性格和她的权势、地位,这确实与众姑娘不一样。

王熙凤长得是什么样子呢?"一双丹凤三角眼,两弯柳叶吊梢眉,身量苗条,体格风骚,粉面含春威不露,丹唇未启笑先闻。"从她的穿戴到她的长相,当然是一个"标致"的美人,但你是否感到王熙凤的美中透露出"威"和"厉害",还有珠光宝气的俗气!确实是这样,作者就是要写出一个既美丽又厉害的女人,她虽然是贵族大家庭的女管家,但并不是传统封建贵妇和淑女。

2. 王熙凤的才能

说到王熙凤,人们自然无不赞叹她的口才,这恐怕也是人们恨凤姐,骂凤姐,不见凤姐想凤姐的一个重要方面。她的口才无人可比,就是口齿伶俐的林黛玉,在她的面前也要败下阵来。用周瑞家的话说,就是再要赌口齿,十个会说话的男人也说不过她。她的能说会道、诙谐幽默,她那能把死人说活的口才,是她在各种场合根据需要而任意发挥的利器,无往而不胜。

她第一次见到林黛玉，笑道："天下真有这样标致的人物，我今儿才算见了！况且这通身的气派，竟不像老祖宗的外孙女儿，竟是个嫡亲的孙女，怨不得老祖宗天天口头心头一时不忘。只可怜我这妹妹这样命苦，怎么姑妈偏就去世了！"说着，便用帕拭泪。又是笑，又是哭，既赞美了林黛玉，又拍了贾母的马屁。王熙凤奉承贾母，可谓炉火纯青，这是她的本事，又是她在贾府中立足的诀窍。她总是能摸透贾母的心思，说出的话恰到好处，时而化怒为笑，时而化庄为谐。给贾母准备饭时，她会说："我们老祖宗只是嫌人肉酸，若不嫌人肉酸，早已把我还吃了呢。"贾母回忆起小时候鬓角碰了个窝儿，凤姐马上开玩笑说："可知老祖宗从小儿的福寿就不小，神差鬼使碰出那个窝儿来，好盛福寿的。寿星老儿头上原是一个窝儿，因为万福万寿盛满了，所以倒凸高出些来了。"怎么样，真是令人忍俊不禁，拍案叫绝。

　　当然她骂起人来也是一套一套的，撒起泼来也是厉害无比。为贾琏偷娶尤二姐，她大闹宁国府，吓得贾珍逃跑了，闹得尤氏无可奈何。王熙凤大哭大骂大闹了一场之后，顺手还赚了尤氏五百两银子，确实是一个"善于弄鬼的阴谋家"。至于兴儿所说的"心里歪毒，口里尖快"，就是口蜜腹剑，她玩弄得更为娴熟，怪不得有人说她是李林甫的妹妹了。

　　她的判词中说："凡鸟偏从末世来，都知爱慕此生才。""凡鸟"就是王熙凤的"凤"字，既点出了王熙凤的名字，又告诉你她不过是一只"凡鸟"，不是真的凤凰。而且这只凡鸟是处在末世了。尽管这样，王熙凤这只末世的凡鸟，她的才能确是贾府上上下下无人可比的，秦可卿说她是脂粉队里的英雄，就是贾府的男人也远远不及她的才能。

人们一说到王熙凤的才能，自然要提到她"协理宁国府"。宁国府的秦可卿死了，她的婆婆尤氏病了不能理事，一个贵族大家办丧事，内室没有一个正经的主子主事，如果其他贵族之家的诰命等来往，亏了礼数，如何是好！宁国府的主子贾珍求王熙凤帮忙，有趣的是王熙凤竟然是贾宝玉向贾珍推荐的。王夫人担心凤姐年纪小，没办过丧事这样的大事，怕她料理不好，惹人耻笑。不想王熙凤生性最喜揽事，好卖弄才干，巴不得遇到这样的事情。协理宁国府，确实表现了王熙凤的才能。

针对宁国府过去管理的混乱，王熙凤理出"宁府五弊"："头一件是人口混杂，遗失东西；第二件，事无专执，临期推委；第三件，需用过费，滥支冒领；第四件，任无大小，苦乐不均；第五件，家人豪纵，有脸者不服钤束，无脸者不能上进。"王熙凤真是一个能干精明的女管家，她处理"宁府五弊"，有效地治理了宁国府的混乱，展现出她的能力，正是"金钗万千谁治国，裙钗一二可齐家"。

3. 王熙凤的狠毒和贪婪

王熙凤的美和能干又常常是和她的狠毒、贪婪交织在一起的。在《红楼梦》中与王熙凤有关的人命有好多起，有的是因她而死的，如张金哥和守备的儿子；有的是她设计害死的，如贾瑞、尤二姐；还有的是她指使人去杀害的，如张华。这样一个美丽能干的女管家、贵妇人，竟是一个残忍的刽子手，真是令人难以置信。

比如贾瑞之死，虽说起因是贾瑞想调戏王熙凤，是"癞蛤蟆想吃天鹅肉"，但王熙凤的心也太狠了。当贾瑞第一次对凤姐表现出非分之想的时候，王熙凤表面上应付他，心里却想："几时叫他死在我手里，他才知道我的手段。"轻浮而愚蠢的贾瑞，正是在王熙凤一步一步引诱下，一步一步走进了王熙凤设下的陷阱里，最后惨死。愚蠢而又好色的贾瑞，至死也不知道这一切都是王熙凤的手段。这一回的回目叫作"王熙凤毒设相思局"，确实够"毒"的了。

再比如在馒头庵里，王熙凤答应老尼姑的请求，硬是拆散了张金哥与守备之子的婚姻，害死了两个年轻人，她则捞了三千两银子。她对老尼姑说："你是素日知道我的，从来不信什么阴司地狱报应的，凭是什么事，我说要行就行。"读了王熙凤的这段话，不免让人们想起曹操说的话："宁教我负天下人，休叫天下人负我。"难怪有人说她像曹操的女儿。她的心机和奸诈，确实和曹操有一比。

《红楼梦》第四十四回，本来是给王熙凤过生日，是个喜庆的日子，不想她的丈夫贾琏却在这一天与鲍二家的鬼混，被王熙凤发现了。她当时打望风的小丫头，先是打脸，登时小丫头的两腮紫胀起来，又用簪子向小丫头嘴上乱戳，甚至还要烧了红烙铁来烙嘴。王熙凤的狠和毒，令人发指。过去人们评价她是"美女蛇"，并非没有道理。所以，人们对她是又爱又恨。

四、王熙凤支持"木石前盟"

我们前面说过，在贾府中，王熙凤虽然人缘不太好，但也有与她关系很好的人，一个是秦可卿，一个是贾宝玉，还有就是林黛玉了。在贾宝玉的婚姻上，是"木石前盟"还是"金玉良缘"，可是大是大非的问题。有趣的是，在这个"大是大非"的问题上，王熙凤坚定地站在了贾宝玉和林黛玉一边，她是支持"木石前盟"的。

说王熙凤支持"木石前盟"，肯定会有不少读者表示怀疑。人们或许要问，那个设计"调包计"害死了林黛玉的王熙凤，怎么可能是"木石前盟"的支持者呢？这个疑问不无道理。但要指出的是，第九十六回"瞒消息凤姐设奇谋"的描写，出自续书作者之手，并不符合曹雪芹创作的原意。而在曹雪芹所写的前八十回中，王熙凤的确是"木石前盟"的积极支持者。

《红楼梦》第二十五回因"吃茶"，王熙凤与黛玉开了一个玩笑，这一段描写既十分有趣又耐人寻味。贾宝玉烫了脸，林黛玉到怡红院来看望，恰巧李纨、凤姐、宝钗都在这里。闲话中谈到王熙凤送给大家的暹罗国进贡来的茶叶，宝玉、宝钗和凤姐本人都说不太好，独有黛玉感觉吃着好。宝玉道："你果然爱吃，把我这个也拿了去吃罢。"凤姐笑道："你要爱吃，我那里还有呢。"当黛玉表示要打发丫头去取时，凤姐道："不用取去，我打发人送来就是了。我明儿还有一件事求你，一同打发人送来。"随即，黛玉与凤姐之间的玩笑就开场了。林黛玉听了笑道："你们听听，这是吃了他们家一点子茶叶，就来使唤人了。"凤姐笑道："倒求你，你倒说这些闲话，吃茶吃水的。你既吃了我们家的茶，怎么还不给我们家作媳妇？"众人听了一齐笑起来。林黛玉红了脸，一声儿不言语，便回过头去。李纨笑向宝钗道："真真我们二婶子的诙谐是好的。"林黛玉道："什么诙谐，不过是贫嘴贱舌讨人厌恶罢了。"说着还啐了一口。凤姐笑道："你别作梦！你给我们家作了媳妇，少什么？"指宝玉道："你瞧瞧，人物儿、门第配不上，根基配不上，家私配不上？那一点还玷辱了谁呢？"

吃茶旧指女子受聘。这里凤姐说的"吃茶"一语双关，从"吃茶"的话，巧妙引到了"作媳妇"的玩笑上来。凤姐的玩笑看似随口而出，不过是姐妹间逗逗乐子，其实并不那样简单。试想，如果凤姐心里没有一点谱，她能用婚姻大事在众人面前跟林黛玉开这种玩笑吗？过去有一种说法，认为凤姐是故意拿黛玉打趣，是伤害和丑化林黛玉，这其实是冤枉了王熙凤。

凤姐与黛玉开玩笑，黛玉"急了"，"急了"不等于"恼了"。玩笑开得不算小，一辈子的婚姻大事都说出来了，但我们见黛玉并没有真的生凤姐的气。在贾府中，王熙凤的"恶""狠"是出了名的，也得罪了不少人，但要看她对什么人。凤姐与宝玉、黛玉的关系就一直很密切，他们之间没有什么矛盾。

就在这次开玩笑后，赵姨娘、周姨娘进来瞧宝玉，李纨、宝玉、宝钗等见赵姨娘进来都让她俩坐，"独凤姐只和林黛玉说笑，正眼也不看他们"。可见玩笑"急了"后的黛玉与王熙凤的关系还是那么密切。这里面还有一个小细节，人们往往没有注意。当大家都要离开宝玉房间时，宝玉道："林妹妹，你先略站一站，我有话和你说。"凤姐听了，回头向林黛玉笑道："有人叫你说话呢。"说着便把林黛玉往里一推，和李纨一同去了。这一句话和"往里一推"的动作，既是凤姐开玩笑的继续，又是友好和善意的表示。

我们常说宝玉黛玉的爱情是建立在共同的思想基础之上，如此说来，王熙凤支持宝黛婚姻，是不是说她同情和支持宝黛的叛逆思想呢？当然不能这样简单地分析。认真分析起来，王熙凤之所以支持并撮合宝黛婚姻，除了她揣摩迎合贾母的心思外，最重要的原因是出于自身利益的考虑。

真正掌握荣国府家政大权的是王夫人，王熙凤则是贾赦的儿媳妇,王熙凤之所以能当上荣国府的大管家,主要靠贾母和王夫人的支持。王夫人用王熙凤一是因为她的大儿媳妇李纨"是个佛爷,不中用",二是因为王熙凤是她的亲侄女。王熙凤到了王夫人这边,的确成了王夫人的心腹干将,帮助王夫人牢牢掌握住家政大权。但随着宝玉婚姻问题的提出,未来的宝玉娶的是谁,直接关系到王熙凤的地位。如果贾宝玉娶的是林黛玉,这对凤姐没有什么威胁,在凤姐的眼里,黛玉是"一个美儿灯儿,风吹吹就坏了",自然不是管家务的材料,凤姐照样可以继续当她的大管家。但如果宝玉娶的是薛宝钗,情况就不一样了。宝钗的学识、才干都要强于王熙凤,特别是在凤姐生病的时候,王夫人让李纨、探春、宝钗组成"三驾马车"处理家务,薛宝钗表现出非凡的治理才能。试想如果薛宝钗当了宝二奶奶,还能有王熙凤的位子吗?正如清代评点家陈其泰说:"宝钗来管家务,可知亲事已定,亦如袭人给宝玉为妾,王夫人尚未明说耳。"说"亲事已定",没有什么根据,但要说王夫人选中的儿媳妇是薛宝钗而不可能是林黛玉则是很有道理的。如此看来,王熙凤支持"木石前盟",而不希望"金玉良缘",就不难理解了。

五、王熙凤与贾府的衰落

我们看《红楼梦》,会发现《红楼梦》的故事实际上是有两条线索在交织地发展,一条是家族衰落的线索,一条是年轻人的悲剧线索。这两条线索并不是截然分开的,而是有机地交织在一起。《红楼梦》的故事,讲的就是一个贵族家庭的衰落,以及生活在其中的一群青年男女的爱情悲剧、婚姻悲剧和人生悲剧。而在这两条线索的发展中，王熙凤似乎更多地扮演着贾府衰落推动者的角色，她是贾府的掘墓人。

《红楼梦》一开始，出现在我们面前的贾府，就已经是处于衰落的趋势，已是到了"末世"，只不过是"百足之虫，死而不僵"，外面的架子虽还未倒，内囊却已经中空了。《红楼梦》说有四大家族，即贾史王薛，其实主要写了一大家族，就是贾家，包括荣宁两府，其主要人物有贾母、贾赦、贾政、贾珍、贾琏、王熙凤、王夫人等。《红楼梦》虽然仅写了一个贾府的困境、矛盾和衰落过程，却深刻地反映出封建社会、封建宗法家族的种种矛盾和危机，揭示了封建贵族家庭不可避免地走向衰落的历史趋势。在这个宗法家族的最高统治者——老祖宗贾母，一天到晚就是吃喝玩乐。她的子孙们，尤其是男人，几乎没有一个好人或是有出息的人，一家子都是坐吃山空，一个贵族家庭硬是这样被子孙们糟蹋完了。《红楼梦》第二回，冷子兴演说荣国府时说："如今生齿日繁，事务日盛，主仆上下，安富尊荣者尽多，运筹谋画者无一；其日用排场费用，又不能将就省俭，如今外面的架子虽未甚倒，内囊却也尽上来了。这还是小事。更有一件大事：谁知这样的钟鸣鼎食之家，翰墨诗书之族，如今的儿孙，竟一代不如一代了！"冷子兴在这里说的原因，正是一个贵族家庭衰亡的重要内因：一是经济上坐吃山空，二是子孙一代不如一代。

《红楼梦》在这方面的描写，形象而深刻，王熙凤的贪婪狠毒，贾政的迂腐，贾赦的色迷，贾母的安富尊荣、一味子享乐，等等。这样的贵族家庭还能不败吗？虽然作者曹雪芹仍然流露出感伤，但他的如椽之笔，还是无情地写出了这样的贵族家庭、这样的社会，不配有更好的命运。

贾府的衰落，王熙凤难辞其咎，因为她是女管家。王熙凤虽然能干，但她的性格核心，便是她的权势欲和金钱欲。她本身是管家，却又是挖空贾府的蛀虫，她的贪婪加速了贾府的衰落和死亡。秦可卿死时托梦给王熙凤，嘱咐她在祖茔多置地，设立家塾，为子孙留有退路。王熙凤一句也没有记住。她曾对平儿说："家里出去的多，进来的少。凡百大小事仍旧是照着老祖宗手里的规矩，却一年进的产业又不及先时。多省俭了，外人又笑话，老太太、太太也受委屈，家下人也抱怨刻薄。若不趁早儿料理省俭之计，再几年就都赔尽了。"贾府的危机，作为女管家，她心里很清楚，但她并没有为家族的生存做什么，没有像探春理家那样兴利除弊，而是利用一切机会攒私房钱。她追求钱财不择手段，为了三千两银子，她毫不犹豫地拆散了两个年轻人的婚姻。她克扣下人的月银，放高利贷。她的丈夫贾琏求她帮着跟鸳鸯说说话，偷贾母的金银家伙当钱，她毫不客气随手就讹了她丈夫贾琏二百两银子，气得贾琏都说："烦你说句话儿也要利钱。"王熙凤的贪婪，确实使得贾府更快地走向了败落。

　　贾府的衰落，除经济上的危机以外，还有就是家族内部的矛盾。抄检大观园时，探春所说的："可知这样大族人家，若从外头杀来，一时是杀不死的，这是古人曾说的'百足之虫，死而不僵'，必须先从家里自杀自灭起来，才能一败涂地！"这正是走向衰落的贵族之家的常见情景。抄检大观园是贾府内部矛盾的一次较量结果，发难者就是王熙凤的婆婆邢夫人。虽然王熙凤对抄检大观园是消极的，但家族内部的矛盾越来越尖锐，王熙凤平时的霸道强势，得罪了不少人，连她跟丈夫、婆婆的关系都十分紧张，更不要说想害死她的赵姨娘等人了。王熙凤是激化了家族内部矛盾的一个重要因素。而她草菅人命，操纵官府，为非作歹，更为贾府的彻底败落埋下了祸根。根据脂砚斋批语的透露，贾家最后被抄家，正与王熙凤干的这些坏事被揭发有直接的关系。

六、王熙凤的结局

现在我们可以说说王熙凤的结局了。我们前面说过，王熙凤是一个漂亮的女人，是一个能干的女人，是一个狠毒的女人，是一个贪婪的女人，最后她则是一个悲惨的女人。

王熙凤也是薄命司中的人物，在《红楼梦》第五回，即贾宝玉梦游太虚幻境时，他在薄命司里看到的王熙凤判词，就隐寓了王熙凤最后的结局。

> ……一片冰山，上面有一只雌凤。其判曰：
> 凡鸟偏从末世来，都知爱慕此生才。
> 一从二令三人木，哭向金陵事更哀。

还有贾宝玉听到的《红楼梦曲·聪明累》，也隐寓了王熙凤的结局：

> 机关算尽太聪明，反算了卿卿性命。生前心已碎，死后性空灵。家富人宁，终有个家亡人散各奔腾。枉费了，意悬悬半世心；好一似，荡悠悠三更梦。忽喇喇似大厦倾，昏惨惨似灯将尽。呀！一场欢喜忽悲辛。叹人世，终难定！

王熙凤的判词和曲子，隐寓着王熙凤最后的结局，但具体的情景是什么呢？"雌凤"隐寓了什么？"冰山"又隐寓了什么？特别是"一从二令三人木，哭向金陵事更哀"到底是什么意思？自《红楼梦》诞生二百多年来，有许多谜，至今也无法说清楚，其中之一就是王熙凤的结局，特别是"一从二令三人木"的含义，可谓众说纷纭，莫衷一是，据说目前至少有几十种说法了。

　　现在我们大家看到的一百二十回本《红楼梦》中，在第一百一十四回写到了王熙凤之死，她是病死的，回目是"王熙凤历幻返金陵"，说："琏二奶奶的病有些古怪，从三更天起到四更时候，琏二奶奶没有住嘴说些胡话，要船要轿的，说到金陵归入册子去。"死后的王熙凤被送回了金陵老家。这里虽然提到了金陵、册子，王熙凤最后也被送回了金陵老家，但很显然与第五回中的判词和曲子隐寓的凤姐之死不一样。

　　《红楼梦》第五回的判词中写道"一片冰山，上面有一只雌凤"，雌凤指的是王熙凤，这是没有问题的，而冰山则隐寓着她依靠的靠山。靠山是冰山，那能靠得住吗？当然靠不住，冰山在太阳下是要融化的，冰山融化了，靠山没有了，王熙凤的覆灭就是不可避免的了。冰山的典故出自《资治通鉴·唐玄宗天宝十一载》，说有人劝张彖去拜见杨国忠，张彖回答，你们认为依靠杨国忠像泰山，我以为他是"冰山"。果然，杨国忠后来垮台了。人们一般认为，王熙凤所依靠的靠山，一是她的娘家，一是贾母的宠爱。王熙凤能在荣国府站稳脚跟，正是有了这两个靠山，当然还有她自己的本事。一旦王家败落了，贾母去世了，王熙凤的靠山就像冰山一样融化了。没有了靠山的王熙凤是很危险的，她作恶多端，积怨很深，害死了那么多人，又与婆婆邢夫人、丈夫贾琏矛盾重重，没有了靠山的王熙凤还能有好结果吗？尤二姐死了以后，贾琏搂着尤二姐哭着说"你死的不明"，又发狠说："我忽略了，终久对出来，我替你报仇。"这报仇的对象当然是指王熙凤。连她的丈夫都是这样的态度，可想而知，其他被王熙凤害死的人，其他恨王熙凤的人，不是更要"报仇"吗？

再说回那只立在冰山的"雌凤"，那是指王熙凤，但具体有什么含义呢？

凤凰是传说中的神鸟，雄鸟为凤，雌鸟为凰，有一首曲子就叫作《凤求凰》。《红楼梦》第五十四回，女先儿讲《凤求鸾》的故事，男主角的名字就叫"王熙凤"。为什么给王熙凤起一个男人的名字，而且判词上明确说她是"雌凤"呢？其实，所谓雌凤，就是"假凤"。王熙凤再能干、再有权，她也不是真正的"凤"，归根结底还是一个"假凤"，她改变不了她是个女人的事实，最后也摆脱不了作为女人的悲惨命运。

"一从二令三人木，哭向金陵事更哀"又是什么意思？一般认为，判词这句话，概括了王熙凤的一生，特别是最后结局。现存《脂砚斋重评石头记》甲戌本，在"一从二令三人木"处有批语："拆字法。"研究者一般认为这个批语属于早期批语，是可靠的。但对这个"拆字法"如何理解，人们的观点很不同。是"三人木"用的拆字法，还是"一从二令三人木"都是用的拆字法？很难说。

我个人更倾向于只有"三人木"一个字是拆字法，即"三人木"是一个"休"字，王熙凤最后是被她的丈夫贾琏休掉了，只能回到金陵老家。回到老家以后，很可能又遇到了更悲惨的命运，最后死得很

林黛玉

薛宝钗

贾元春

贾探春

史湘云

妙玉

贾迎春

贾惜春

王熙凤

巧姐

李纨

秦可卿

贾宝玉梦游太虚幻境

湘云醉眠芍药裀

怡红院开夜宴

海棠结社

黛玉葬花

宝钗扑蝶

中秋夜品笛

凹晶馆月夜联句

潇湘馆听琴

焚稿断痴情

月夜感幽魂

晴雯病补孔雀裘

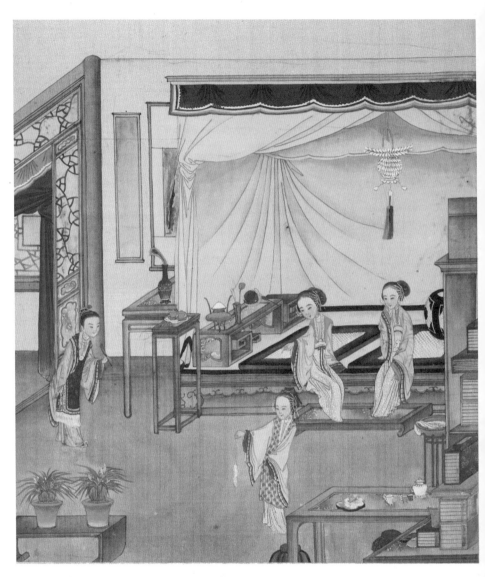

栊翠庵品茶*

*以上选自《金陵十二钗正册》《红楼梦赋图册》。

惨。但对于"一从二令三人木,哭向金陵事更哀"的具体情境还是很难猜测。

著名红学家吴恩裕先生的解释是:一从二令三人木,是从、令、休三个字。"凤姐对贾琏最初是言听计'从',继则对贾琏可以发号施'令',最后事败终不免于'休'。故曰'哭向金陵事更哀'。"吴先生的解释影响很大,但人们也有不同的看法,主要是说"一从二令"的理解稍显勉强,在《红楼梦》中没有这样的描写,看不到"凤姐对贾琏最初是言听计'从',继则对贾琏发号施'令'"的具体描写。

近些年来,有学者更倾向于"一从二令三人木"是"冷人来","二令"是个"冷"字,"三人木"是繁体字的"来"(來)。说自从"冷人来"了以后,王熙凤的命运就发生了变化,最后被贾琏休掉了。来的"冷人"是谁呢?薛宝钗。即是说自从薛宝钗嫁给了贾宝玉,做了宝二奶奶以后,王熙凤失宠,失去了管家奶奶的位置,而且与王夫人、薛宝钗的关系处理得不好,再加上逼死鲍二家的、害死尤二姐、害死张金哥以及放高利贷等事东窗事发,王熙凤获罪被羁押狱神庙,出狱后被贾琏休掉了,只能哭回金陵老家。不想,回到老家又遭受了更悲惨的遭遇,但具体是什么事就说不清楚了。

王熙凤是以女强人的面貌出现的,作者刻画这样一个女强人,一是表现她的魅力和能干,把男人比下去了,更显男人的污浊无能;二是这样一个漂亮而又能干的女人,一旦进入权力社会,也变得和男人一样,心狠手毒、贪婪。这是王熙凤的第一层悲剧。王熙凤总归还是女人,在这样的封建社会中,她再能干也改变不了她的女人身份,也改变不了男人的世界，最后还是被男人的世界吞噬了，还是死在男人的手里，这又是一层悲剧。

由此，一个那样美丽、有魅力、能干、风趣的王熙凤最终还是没有摆脱一个女人的悲惨命运。"机关算尽太聪明，反算了卿卿性命。"可以说王熙凤既是死在自己的贪婪、狠毒和聪明上，又是死在那个以男人为中心的社会里。王熙凤的结局毫无疑问是罪有应得，但从另一个方面来看，一个美丽、能干、风趣的王熙凤之死难道不是一种美的毁灭吗？

作者曹雪芹对王熙凤的态度充满了矛盾，恐怕也是"爱恨交加"吧。《红楼梦》的王熙凤是那样动人，又那样可恨，最后则又是那样可悲。正因为这样，读者才有"恨凤姐，骂凤姐，不见凤姐想凤姐"的阅读感受。作为《红楼梦》中刻画得最为鲜活生动的人物形象，王熙凤对于我们有着永远的认识价值和审美价值。

第六章　《红楼梦》中的丫鬟

苗怀明

南京大学文学院教授

一、《红楼梦》里的丫鬟：重要的特殊群体

《红楼梦》是一部享有世界声誉、取得巨大艺术成就的经典之作，其艺术成就体现在很多方面，而人物形象的塑造无疑是最能体现其特色与成就的。总的来看，全书所写人物众多，林林总总，涉及社会的各个层面。相信看过《红楼梦》的读者无不对那些青春靓丽、活泼善良的丫鬟印象深刻，无论是浓笔重墨、精心描绘的袭人、晴雯、鸳鸯，还是出场不多的小红、龄官、傻大姐等，无不写得栩栩如生，过目难忘。

丫鬟，又称丫头，是《红楼梦》人物系列的一个重要部分，她们是一个特殊的群体。之所以特殊，主要体现在如下两个方面。

一是她们的性别。她们都是女性，似乎这是一句老生常谈式的废话，但是只要看看《红楼梦》里的描写，大家就会知道，性别在《红楼梦》里绝对是一个不可忽视的重要内容。"女儿是水作的骨

肉，男人是泥作的骨肉。我见了女儿，我便清爽；见了男子，便觉浊臭逼人。"在作品中，丫鬟多是指年纪较轻的婢女，年纪大的一般会被称作婆子，或者叫"什么家的"，比如"王善保家的"，比如"林之孝家的"。

第二是她们的身份。作为婢女，她们无论如何都无法改变自己的身份。即便如平儿、袭人一样成为姨娘，还是没有人身自由，无法选择自己的人生道路，包括婚姻。人生的幸与不幸都取决于她们的主子，而非由本人决定。

中国古代社会等级森严，这种等级既体现在社会地位上，也体现在性别上。这些丫鬟从社会地位来讲，都是供主人差遣的婢女、奴仆；从性别身份来看，她们又是受男人支配的女人。可以说，她们处在社会的最下层、最底端。因此，从这个角度来说，如何描写和看待"丫鬟"这一特殊群体，是衡量《红楼梦》这部小说作品思想、艺术价值的一个重要标准。在此方面《红楼梦》取得了突破，成为塑造丫鬟这一群体艺术成就最高的一部经典之作。

二、形象塑造上的艺术成就

要探讨《红楼梦》在丫鬟形象塑造方面的艺术成就，需要将其放到中国古代小说发展演进的大背景下去观照。小说作品尽管多是虚构的，但它源自生活，反映生活。奴仆制度在中国有着久远的历史，因此可以说，从小说产生之日起，丫鬟便成为小说作品描写的对象。在《红楼梦》之前的小说作品中，丫鬟大多是龙套式的人物，更多的是起到功能性的作用，她们的性格往往不丰满、不鲜明。当然，也有如《莺莺传》中的红娘、《金瓶梅》里的庞春梅等描写较成功的角色。但是像《红楼梦》这般如此集中地描写丫鬟群像，写得丰富多彩，生动形象，可谓前无古人，后无来者。与其他小说相比，《红楼梦》的突出成就主要体现在如下三个方面。

首先，《红楼梦》刻画了一批栩栩如生的丫鬟形象。这些形象如果从人数来看，差不多有上百人，超过了主子的数量。

每个主子都有不少丫鬟，比如贾宝玉身边就有七个大丫鬟、八个小丫头，贾母身边也是有八个大丫鬟。在作者笔下，仅仅是那些出场较多、给人印象深刻的丫鬟就有好几十位，比如袭人、晴雯、麝月、芳官、鸳鸯、柳五儿、平儿、紫鹃、莺儿、雪雁、香菱、小红、司棋、金钏、玉钏、龄官、傻大姐等。这些丫鬟虽然都是女性奴仆，但是由于她们的出身不同、性格不同，她们的想法还有为人处世的风格自然也就各自不同，呈现出丰富多彩的形态。在一部小说中描写如此多的丫鬟形象，又能够同中见异，写出各自的特点，这在中国古代小说中没有第二部。

其次，《红楼梦》里的丫鬟虽然身份地位卑微，但是她们在作品中得到了和主子一样的重视，特别是像袭人、晴雯等人，她们所占的笔墨篇幅甚至超过作为主子的元春、迎春、惜春、巧姐等人，得到了浓笔重墨的描绘。有的人虽然出场不多，但作者妙笔生花，寥寥几笔，就给读者留下了深刻的印象，比如小红、龄官、傻大姐等。即使以金陵十二钗来讲，正钗十二位都是地位较高的女主人，副册和又副册虽然我们现在不能知道全部名单，但是显然其中有不少是丫鬟，由此也可以看到作者对这些丫鬟的重视程度。可以说，在《红楼梦》中，丫鬟虽然地位低下，但她们同样是主角，这和其他小说中丫鬟只是那种可有可无的龙套式人物相比,无疑是一个比较大的突破。

最后,《红楼梦》塑造的这些丫鬟形象取得了巨大的艺术成就。对那些出场比较多、浓墨重彩描写的丫鬟,作者写出了她们性格中的各方面,既突出了性格的主要特点,又让我们看到一个个丰满的形象。即使是那些出场比较少的丫鬟,作者也写出了她们的性格特点。所以读完小说之后,这些丫鬟,无论是写得多还是写得少,都令人印象深刻,过目不忘。与其他小说相比,我们很少能看到塑造得如此成功、数量又如此多的丫鬟形象,所以从艺术成就来讲,《红楼梦》在丫鬟形象的塑造方面是取得了极大的成就。

三、如何刻画丫鬟形象

具体到《红楼梦》中,作者是如何刻画这些丫鬟形象的? 从这些丫鬟身上可以看出哪些值得注意的东西,又有哪些创新和突破?

总的来看,《红楼梦》中的丫鬟形象有如下几个值得注意的方面:

(一) 作者多次从正面来描写这些丫鬟形象,写出了她们的美丽纯真、活泼善良

1. 形象美

在作者的笔下,这些丫鬟大多有着出众的美貌,特别是晴雯,给读者留下了深刻印象。作者或正面描写这些丫鬟的美貌,或通过侧面描写其美貌来铺垫。比如小红的出场,作者在作品中正面描写了她的形象,写出了她的俏丽干净。从贾宝玉的反应可以看出来,他很喜欢这个女孩子,当然首先是因为她的外貌。而有如此外貌的小红,

竟然只能在怡红院外面干粗活，还要被秋纹、碧痕训斥："……难道我们倒跟不上你了？你也拿镜子照照，配递茶递水不配！……"

既然敢如此贬损别人的相貌，有一种可能，就是秋纹、碧痕的相貌比小红要更好，但是我们知道在《红楼梦》里面，秋纹、碧痕的相貌在怡红院中在众丫鬟中并不是很出众，由此可以想见其中相貌最为出众的晴雯该是何等漂亮。在这里我们可以看到作者在描写人物外貌时，既有正面的描写，也有侧面的衬托，集中展现了众丫鬟的美貌。

2. 性格美

作者不仅写出这些年轻丫鬟美丽可爱的外貌，更写出她们善良、纯洁的内心。这里我们可以举紫鹃为例，她虽然是林黛玉的贴身丫鬟，但是两个人朝夕相处，感情深厚，情同姐妹，她比任何人都关心林黛玉，处处为她考虑，其忠诚、厚道令人感动。

此外作品还通过平儿、香菱等人写出了她们的才能和才华。比如平儿，写出了她过人的管理才能。她和王熙凤，一个属于比较强势，一个属于比较平和，她们相互配合。如果没有平儿的话，凤姐可能得罪的人更多。而香菱，则是通过她学作诗的描写，写出了她的认真和才华。

3. 品格美

更重要的是，作者在作品里写出了这群丫鬟的可贵人格。她们虽然身份卑微，地位低下，但是并不甘心接受命运的摆布，而是敢于和命运抗争，拒绝主子的凌辱，出污泥而不染，保持自己高贵的品格。比如鸳鸯，在她的家人和周围的同伴看来，主子贾赦能看上她，娶她做姨娘，这对一个身份低下的丫鬟来讲，绝对是个人生的好机会，很多丫鬟还得不到这样的机会，甚至还是羡慕的。尽管遭遇了威逼利诱，但是鸳鸯依然坚决拒绝，因为这不是她要的生活，这不是她的人生目标，正如她本人斩钉截铁所说的："别说大老爷要我做小老婆，就是太太这会子死了，他三媒六聘的娶去作大老婆，我也不能去。"尽管贾赦等人后面不断地威逼利诱，但她一直坚决反抗，不为所动，表现出可贵的品格。

另一位丫鬟晴雯也是如此，她率真耿直的性格得罪了很多人，得罪了那些婆子，也得罪了不少丫鬟。特别是在抄检大观园的时候，她义不受辱的刚烈表现，遭到了王善保家的等许多婆子的嫉恨，最后因王夫人听信这群婆子的谗言而被赶出贾府。但是她绝不求饶，其人格远比那些荒淫无耻的主子要高尚得多，也令那些男人感到惭愧。

作者通过这些丫鬟写出了女性的美好，反映了可贵的女性观，为读者展示了人生美好的一面。他对这些身居下层的女孩子是正面肯定的，他反对的是对她们的玩弄、歧视和摧残，具有初步的平等意识，这在男尊女卑的当时无疑是一种比较另类的思想，也是一种比较超前的思想。《红楼梦》思想的新颖和独特也正体现在这些方面。

（二）作者写出了丫鬟这一特殊群体的丰富性与复杂性

《红楼梦》里塑造的丫鬟虽然人数众多，相似点也比较多，比如她们都很年轻、漂亮、活泼，但是作者同中见异，写出了她们各自的性格，彼此之间绝对不会混同。即便这些丫鬟一起出场，一起说话，读者也不会把她们混同和误认。这与作者高超的艺术手法有关。作者写出了她们各自生活的经历和环境。而这些不同的经历、环境、性格,就决定了她们的想法、观念乃至为人处世的方式各有不同,呈现出丰富多彩的形态。

在这个特殊群体中,大丫鬟有大丫鬟的不幸,小丫鬟有小丫鬟的苦恼,每个人都遇到了自己的人生困境。她们都有自己的目标,都在努力挣扎着,但是同时也在沉沦着,很难用是非好坏来评价她们的言行。她们的命运实际上也代表了整个贾家的命运,尽管她们不是贾府命运的决定者,但是她们是决定贾府兴衰的一个不可忽视的力量,这可以从《红楼梦》里大观园的改革、后厨里的风波等很多描写中看出来。

在这些丫鬟之中,平儿和袭人无疑是境遇最好者,因为她们已经获得了姨娘或者准姨娘的身份,算是半个主子了,这也是丫鬟比较理想的归宿,否则她们只能由主人去配小厮,就像王熙凤将彩霞硬配给来旺那个不成器的儿子一样,尽管来旺的儿子"在外头吃酒赌钱,无所不至",而且"容貌丑陋,一技不知",大家都知道这是一个不成器的人,都知道这是一个火坑,但是在王熙凤的威逼和主导之下,彩霞只能跳进这个火坑。

即便像平儿和袭人这样的丫鬟,她们也各有各的烦恼。就拿平儿来讲,她虽然是贾琏的妾,而且是王熙凤的助手,参与贾府的管理,说起来也算是半个主子,但是作为一个普通女人,她并不能享受到一个女人应该享受的权利。王熙凤的妒忌和提防让她无法过上一个正常的家庭妇女的生活。贾琏与其说是她的丈夫,不如说是一个主子或一个调戏者。

平时看起来平儿还有一些主子的派头,受到丫鬟们和婆子们的尊敬,但是一旦和真正的主子王熙凤发生冲突,其丫鬟的地位一下就显露出来。比如在第四十四回,王熙凤捉奸时对平儿一顿毒打,这就证明了这个残酷的事实。她让平儿意识到,不管自己在贾府里面怎么有地位,在其他丫鬟眼里看来是何等的荣耀,但她的本质始终也还是一个丫鬟,她和王熙凤不可能平等。

相比之下,袭人的日子也不比平儿好过到哪里去,她虽然受到王夫人器重,会成为贾宝玉的妾,但地位并没有获得正式认可,仍然存在着一些变数,正如鸳鸯在第四十六回里面所说的:"你们都以为有了结果了,将来都是做姨娘的。据我看,天下的事未必都随心如意。"这个话她当时就是说给平儿和袭人听的。这种并没有被正式认可的地位让袭人感到心里很不踏实。

在怡红院里,烦心的事情一件接着一件,贾宝玉特别不爱读书、整天和女孩子混在一起、说话狂放不羁,这些都让袭人感到难以理解,也为此忧心忡忡。且不说贾宝玉和林黛玉的争吵让袭人无所适从,晴雯、芳官等人的言行同样让她感到不自在。

表面上看起来袭人温顺贤惠,其实她的内心也是充满焦躁和忧虑的,只是别人无法体会到而已。因为她更多给大家看到的是她的笑容,她内心的忧虑和悲伤一般是不显露出来的。

地位较高的大丫鬟尚且过得如此不顺心,那些地位低下的小丫鬟更是各有各的烦恼。以小红来说,她虽然相貌俊俏,聪明灵巧,但是只能做个干粗活笨活的丫鬟,连和主子贾宝玉接触的机会都没有;偶尔有一次表现的机会,也被秋纹、碧痕一顿训斥,弄得灰心丧气。好在她后来遇到了王熙凤,算是得到了一个攀高枝的机会。而别的丫鬟,连小红这样的机会都没有,只能日复一日、年复一年地熬下去,然后配个小厮,最终成为她们曾经嘲笑的婆子。

（三）作者写出了这些丫鬟的不幸命运，对她们的悲惨遭遇给予同情

对这些身份卑微、没有人身自由的丫鬟来说，受人摆布的人生结局大多是不幸的。当贾府走向破败乃至衰亡时，她们同样也是苦难的承受者。

在作品前八十回，虽然还没有写到贾府被抄家，还没有写到"白茫茫大地真干净"，但是其中一些丫鬟已经离开了这个世界，比如瑞珠、金钏、晴雯，正值妙龄的她们都是不幸离世的。虽然死亡的原因各有不同，但是读过《红楼梦》的读者都知道，这都和她们的奴才身份有关，与她们的主子的行为有关。还有些丫鬟被赶出贾府，比如茜雪、司棋、芳官，她们悲惨的命运也是可以想象到的。这些丫鬟的不幸并非"红颜薄命"一词所能概括的。

从人物形象塑造的角度来看，作品所写丫鬟数量众多，但并不是平均用力，而是采取了点面结合的方式。对其中一些比较重要的人物，如袭人、香菱、晴雯等，采取浓笔重彩的方式细致描绘，使其形象丰满，非常逼真。对于那些出场不多的丫鬟，则采取白描的手法，寥寥几笔便写出人物性格的鲜明特征，给读者留下非常深刻的印象。比如那位傻大姐，出场次数是有限的，而且出场很晚，作者寥寥几笔就写出了其憨态可掬的形象。这么一个小人物，露面很少，戏份不多，却不可缺少。如果没有傻大姐，抄检大观园等一系列故事便无法进展，或只能以另一种方式进行，这样的话作品就会逊色不少。

因为所写的人物比较多，并不是每个人都能得到详尽描写的机会。在这种情况下，作品较多地使用了"特犯不犯"的艺术手法。

什么叫"特犯不犯"？所谓"犯"就是作者在描写人物时，在她们的外貌、性格方面会有一些相似或者是重复，比如她们都很年轻、美丽、善良、纯洁。但是与此同时，作者更能写出她们的不同之处，那就是她们独特的、鲜明的个性。即使一群丫鬟出场，只要听一听她们说的话，看看她们做事的风格，就可以比较容易地将她们区分开来。"特犯不犯"就是作者既写出她们的相似之处又写出她们的独特之处。

事实上，作者在回目中已经点出了她们各自的特点，比如"俏平儿""贤袭人""痴女儿""慕雅女""勇晴雯""慧紫鹃""呆香菱""俏丫鬟""美香菱"等，"俏""贤""勇""呆"，既是这些丫鬟的特点，也是作者对她们的评价，从而将平儿、袭人、晴雯、香菱等人与其他人区分开，不至于混淆，从而成为具有鲜明性格的人物形象。

在众多红楼丫鬟中，有几位写得最为成功，比如袭人、晴雯、鸳鸯、香菱等。这里稍作分析。

四、详细分析袭人、晴雯

先说袭人。袭人是《红楼梦》里着墨最多的丫鬟之一。她原先是贾母那里的丫鬟，本名珍珠，后来送给贾宝玉，贾宝玉给她改名为袭人。她服侍宝玉极为尽心，并且得到王夫人的信任和肯定，虽然没有姨娘的名分，但已与贾宝玉有云雨之事，而且府里上下也已将其作为姨娘看待。对这位出场较多的丫鬟，不少读者并不喜欢。读者不喜欢她的原因，归纳起来大概有两点：一是她经常劝贾宝玉读书，留意功名，并不惜以自己要离开贾府进行要挟；二是很多人认为她是

袭人 《红楼梦图咏》［清］改琦

一位告密者，晴雯的死与她有关。应该说，持这种看法的人还不少，下面稍作辨析。

首先，袭人确实经常劝贾宝玉读书，博取功名，让贾宝玉收敛自己的行为，作品对此有很明确的描写（如第十九回），这是毋庸置疑的。如何看待她的这种言行？应该从如下几个方面来看。

第一，袭人为什么要劝贾宝玉，她劝贾宝玉的动机何在？是出于真心爱护贾宝玉吗？如果认真阅读作品的话，我们就会发现答案无疑是肯定的。如果只是为了讨好贾宝玉，她完全不必这样做，因为这会让贾宝玉不开心。她完全可以纵容贾宝玉，不必那么苦口婆心地劝他。她劝宝玉读书是出于真心。

第二，袭人劝贾宝玉的思想错在哪里？要知道在《红楼梦》里不光袭人一个人这样劝贾宝玉，像贾政、薛宝钗、史湘云，甚至就连那位出现在梦里的警幻仙子，也都是这样来劝贾宝玉的。这些思想也不仅仅是只属于袭人、贾政、薛宝钗等人的。在中国古代，"学而优则仕"是最为流行的、社会上通行的看法。受传统封建思想影响，在一个普通丫鬟看来，贾宝玉在府里享受恩宠，应该不应该为家族做出贡献呢？过去只要一说到读书、参加科举，读者就觉得是封建思想、愚昧落后。现在我们结合作品来看，这个看法过于武断。贾宝玉拒绝读书，不愿意参加科举，至于他想做什么，他的人生追求是什么，从作品的描写来看，实际上他自己都不清楚。而袭人不过是一个普通丫鬟，没有什么文化，也没有读过什么书，她更不会有像贾宝玉那样新颖的、深刻的思想。在这种情况下，我们要求袭人也能具备贾宝玉这种带有叛逆色彩的思想，这可能吗？

说完这个问题，第三个问题也随之而来。按照现代读者的要求，他们不希望看到袭人劝贾宝玉读书，那么他们希望袭人怎么做呢？是不是觉得袭人也应该鼓励贾宝玉不读书，鼓励他整天混在女人堆里呢？如果作者真的把没有什么文化、没读过什么书的袭人写成这样，这个人物还真实可信吗？还符合逻辑吗？作为一个丫鬟、普通人、没有什么文化的女孩子，她不过是遵从社会上通行的思想观念，不可能具备贾宝玉的另类思想，她也是发自内心希望贾宝玉好。因此，一些读者对于袭人过于刻薄了。如陈寅恪所说，需对古人抱有理解之同情，对古代小说中的人物形象也应如此。你可以不赞成袭人的看法，但要理解她为何这样做，其动机如何，由此给予客观、公正的评价。

其次，袭人确实和王夫人讲过有关贾宝玉的事情，也深受王夫人的信任，但不能由此认定她是一个告密者。讲到晴雯之死，连贾宝玉对她都有所怀疑，这也成为袭人作为告密者说的一个依据。而袭人究竟是不是一个告密者，要根据作品的描写来看。从作品看，晴雯被撵确实是因为告密，这在作品中有明确的描写："原来王夫人自那日着恼之后，王善保家的去趁势告倒了晴雯，本处有人和园中不睦的，也就随机趁便下了些话。王夫人皆记在心中。"对于告密的具体内容，作品也有较为详细的描写："王善保家的道：'别的都还罢了。太太不知道，一个宝玉屋里的晴雯，那丫头仗着他生的模样儿比别人标致些，又生了一张巧嘴，天天打扮的像个西施的样子，在人跟前能说惯道，掐尖要强。一句话不投机，他就立起两个骚眼睛来骂人，妖妖趫趫，大不成个体统。'"

这里的告密者不是袭人而是另有其人，那就是王善保家的，自然还会有一些嫉恨晴雯的婆子，也许还有些丫鬟跟着添油加醋，落井下石。事实上，当初贾宝玉要赶走晴雯时，袭人一再相劝，而且带头下跪，为晴雯求情。从作品的描写来看，这并非在作秀，而是有诚意的，否则的话，她完全可以虚张声势，做个样子而已。晴雯当时没有被撵走，与袭人的苦苦相劝还是有很大关系的。王夫人确实如贾宝玉所说，当时在撵走晴雯的时候，挑了很多人的毛病，就是没有说袭人的不是，这也是贾宝玉怀疑袭人的重要理由。但怀疑归怀疑，还是要以作品的实际描写为据。

对袭人这个人物，读者可以不赞同她的思想，可以不喜欢她的性格及言行，但对其评判应建立在作品的基础上，应客观公正，将其放在作品所涉及的社会文化大背景下进行考察，而不能仅仅凭着自己的好恶来评判，尽管文学作品的阅读和赏析难免带有鲜明的个人色彩。

再说晴雯。她无疑是《红楼梦》中最受读者喜欢的人物之一，也是这部作品写得最为成功的人物形象之一。读者喜欢晴雯的理由，不外乎以下几点：一是她的美貌，和《红楼梦》众多年轻美貌的女性相比，晴雯的样貌也是极为出众的；二是她的才能。

晴雯的才能可以从第五十二回"病中勇补雀金裘"看出来。她不仅容貌出众，针线功夫在贾府也是数得着的。当然读者最为看重的是第三点，那就是晴雯性格泼辣，直爽率真，疾恶如仇，任性而为，具有独立的人格精神，从她身上丝毫看不出奴才气。她不仅敢于和贾宝玉顶撞，闹到差点要被赶出怡红院的程度，还在王善保家的带人抄检大观园时，以行动表达自己的不满。正是这种反抗的品格使她受到读者的喜爱。

但是，晴雯鲜明的性格也是导致她悲剧命运的要素。她的特立

晴雯 《红楼梦图咏》 [清]改琦

独行、率性而为的性格为自己树立了许多敌人,这些敌人不仅是那些婆子,也包括那些小丫鬟,最终她受谗言所累,被赶出贾府,由此殒命。

对于晴雯的性格与言行,我们很难用好坏来形容。对晴雯如此,对袭人乃至贾宝玉、林黛玉等人物都是如此。作者写出他们性格中的各个方面,这些性格都是读者在日常生活中可以随处见到的,这些人仿佛是读者在生活中结识的朋友一样。他们不是坏人,也不能简单地被称作好人,而是那种优点、缺点兼具的人,唯其如此,才真实可信,才鲜活生动。这也是《红楼梦》与此前的小说《三国演义》《水浒传》等的不同之处。以《三国演义》为例,作品人物的性格非常鲜明,往往写到极端,却由此给人一种虚假的感觉——比如刘备,作者极力写其忠厚,写得过火,反倒让人觉得有些虚伪;为了极力写诸葛亮多智,结果写得像个妖道一样。《红楼梦》避免了这种夸饰的写法,多用写实手法,因而带来逼真的效果。晴雯、袭人等人物虽然不过是作者虚构的,但读后感觉比史书中记载的历史人物更为真实,仿佛就生活在读者身边。

袭人、晴雯之外,作者写得较丰满、成功的丫鬟形象还有平儿、香菱、鸳鸯等,这些人物都有值得深入探讨的必要,这里就不一一展开了。

从丫鬟这一特殊群体的描写来看,《红楼梦》在人物塑造方面达到了极高的艺术水准,由此可以透视《红楼梦》艺术成就之一斑。《红楼梦》是中国古代小说最为优秀、影响最大的作品,它被尊为经典之作,绝非偶然。

第七章 《红楼梦》与戏曲传奇

顾春芳

北京大学艺术学院教授

《红楼梦》代表了中国古典小说艺术的绝对高度，也是世界文学最伟大的经典之一。小说从女娲补天时弃于青埂峰下的一块多余的顽石写起。石头因自己无才不堪入选，遂自怨自叹，日夜悲号惭愧，许愿下凡。后经一僧一道的帮助，随神瑛侍者下凡去那"花柳繁华地，温柔富贵乡"经历了一番人事。《红楼梦》第一回提到，《红楼梦》原是一部《石头记》，记录的是此石坠落之乡、投胎之处，亲自经历的一段陈迹故事。不知过了几世几劫，有一空空道人路过，见石上刻录了一段故事，便受石头之托，抄写下来传于后世。辗转到了曹雪芹手中，经他在悼红轩中披阅十载、增删五次，最终成卷。

《红楼梦》是一部奇书、一部天书，关于它的作者、结构、成书年代、写作意图等，至今有许多悬而未决的疑惑和争论。围绕《红楼梦》小说本身和小说作者曹雪芹留有许多未解之谜，历代学者的研究和解读卷帙浩繁，因此形成了两门学问：红学和曹学；也由于研究方法的不同形成了"索隐派"和"考证派"。

《红楼梦》也是一部百科全书，其中所包含的中国文化的内涵博大精深，自它传世以来，便伴随着不同角度、不同方法的研究，有考据研究、版本研究、小说美学的研究、诗学研究、民俗研究、文化研究和风物研究等。

以下我想从戏曲传奇的角度，去思考戏曲传奇对曹雪芹创作《红楼梦》的影响，以及《红楼梦》中出现的戏曲传奇对于小说本身的意义。这些传奇的剧目和典故与小说的结构、情节、人物、主旨大有关系，给我们提供了一个研究《红楼梦》的全新思路。

由于学界对《红楼梦》后四十回究竟是不是曹雪芹所作的问题尚有争议，对于《红楼梦》的版本也存有争议，因此我们先避开这些"红学"研究中非常复杂的问题，在此以一百二十回的庚辰本《红楼梦》作为参考底本。

一、《红楼梦》小说中出现的戏曲传奇

《红楼梦》中出现的戏曲传奇主要有两类：一类是各种生日宴会、家庭庆典中，由家班正式演出的传奇剧目；还有一类是诗句、对话、酒令、谜语、礼品中涉及的戏曲典故。《红楼梦》小说中大约有四十多个章回先后出现了大量和戏曲传奇有关的内容。

《红楼梦》中出现过的戏曲主要有四种类型。

第一类是昆腔剧目。昆腔就是昆山腔，昆山腔是明代中叶至清代中叶中国戏曲中影响最大的声腔剧种。早在元末明初，大约14世纪中叶，昆山腔已作为南曲声腔的一个流派，在今天的昆山一带产生了。后来经过魏良辅等人的改造，成为一种成熟的声腔艺术。因为其曲调清丽婉转、精致纤巧、中和典雅，所以也被称为"水磨调"。徐渭在《南词叙录》说："惟昆山腔止行于吴中，流丽悠远，出乎三腔之上，听之最足荡人。"万历年间，昆腔从苏州扩展到长江以南和钱塘江以北各地，后流传到北京。沈崇绥在《度曲须知》中说道："尽洗乖声，别开堂奥，调用水磨，拍捱冷板。"在嘉靖中晚期，魏良辅完成了昆山腔的改造，使其成为昆腔正宗，延续六百余年。《红楼梦》中出现的昆腔剧目大致有：《牡丹亭》《长生殿》《双官诰》《一捧雪》《邯郸记》《钗钏记》《西游记》《虎囊弹》《金貂记》《九莲灯》《满床笏》《南柯梦》《八义记》《西楼记》《玉簪记》《续琵琶记》《牧羊记》《浣纱记》《祝发记》《占花魁》《疗妒羹》等。贾府自己的家班演出主要采用昆腔，为了迎接元妃省亲，从姑苏采办回的十二女官所组成的家班，本技就是昆腔表演。

第二类是弋阳腔剧目，比如《刘二当衣》《丁郎认父》《黄伯央大摆阴魂阵》《孙行者大闹天宫》《姜子牙斩将封神》《混元盒》等。弋阳腔是发源于元末江西弋阳的南戏声腔，明初至嘉靖年间传到北京等地。它以金鼓为主要的伴奏乐器，曲调较为粗犷、热闹，文词较为通俗。由于它通常是大锣大鼓地进行，比较嘈杂，而戏文又流于粗俗，其舞台表演，即唱、做、念、打，则只用锣鼓节制、帮衬而无管弦伴奏，所谓"一味锣鼓了事"（冯梦龙《三遂平妖传·张誉序》）。所以当演出弋阳腔时，宝玉是极不爱听的。比如第十九回贾珍外请了一个戏班子演出了四出弋阳腔大戏，"宝玉见繁华热闹到如此不堪的田地，只略坐了一会，便走开各处闲耍"。小说中弋阳腔和昆腔的对照，也可以反映出中国戏曲在康雍乾时期花雅竞势的一种状况。

第三类是元代杂剧。《红楼梦》中提到的杂剧，大多是元代剧作家的作品，比如《西厢记》《负荆请罪》《霸王举鼎》《五鬼闹钟馗》《白蛇记》等，另在第二回中还提到了曹寅的《北红拂记》这出杂剧中的主人公红拂女，在第三十七回湘云的海棠诗中出现了"自是霜娥偏爱冷，非关情女亦离魂"，内有元杂剧《倩女离魂》的典故。至于第八十五回出现的《蕊珠记》，并非元代庾吉甫写的《蕊珠宫》杂剧，小说中写明是新打的，明清传奇未见此剧，也许是高鹗杜撰的。小说写："及至第三出，众皆不知，听外面人说，是新打的。"

第四类是南戏的代表剧目。南戏是中国北宋末至元末明初，即12世纪至14世纪约二百年间在中国南方地区最早兴起的地方戏曲剧种，是中国戏剧的最早成熟形式之一，它是在宋杂剧脚色体系完备之后，在叙事性说唱文学高度成熟的基础上出现的。作为南方重要的戏曲声腔系统，南戏对后来的许多声腔剧种，如海盐腔、余姚腔、昆山腔、弋阳腔的兴起和发展产生了重要影响。小说出现的最主要的南戏代表剧目有《琵琶记》、《白兔记》和《荆钗记》。

另外一些是其他戏曲和演唱形式以及民间娱乐和动物把戏。《红楼梦》出现的戏曲形式有"百戏""娱乐""敬神""慰亡"的表演，比如第十一回出现的"打十番"，第十四回出现的"耍百戏""唱佛戏""唱围鼓戏"，第二十六回、第二十八回出现的"唱曲"，第四十回出现的"水戏"，第五十四回出现的两位女先生"说书"和"莲花落"，等等。

《红楼梦》擅长伏笔千里之外，不经意的几句话可能就蕴含深意。曹雪芹常常能够以诗文、书画、戏曲等为喻，将人物的命运和诗境、掌故、谜语、戏文等联系在一起，细读之下总是耐人寻味。作者运用这些戏曲典故的时候游刃有余，手到擒来，恰到好处，不仅使引用的传奇和小说在情节结构上互相照应，并且善于暗伏人物的命运与家族的兴衰，读来有意犹未尽、回味无穷的意趣。将戏曲作为小说的互文形式，完成对小说意旨的揭示和提升，这是《红楼梦》小说艺术中非常重要的美学特色。

在所有的杂剧和传奇中，《西厢记》和《牡丹亭》对《红楼梦》的影响最大。小说中总计二十多处提到《西厢记》和《牡丹亭》。那么接下来，我们就谈一谈《西厢记》和《牡丹亭》对《红楼梦》的影响。

《红楼梦》第二十三回"西厢记妙词通戏语　牡丹亭艳曲警芳心"，这是最直接呈现《西厢记》和《牡丹亭》对宝黛二人的情感和心理的妙用的。

前半部分宝玉携带一本《会真记》在沁芳闸桥畔偷阅，看到"落红成阵"，正要把飘落的桃花抖落于水中，恰好撞见前来葬花的黛玉，之后宝黛共读《西厢》，欲罢不能。林黛玉"从头看去，越看越爱看，不到一顿饭的工夫，将十六出俱已看完，自觉词藻警人，余香满口"。宝玉借用书中张生向莺莺表达爱意的话说："我就是个多愁多病身，你就是那倾国倾城貌。"黛玉听出宝玉以曲传情，虽然暗自惊喜，但迫于当时男女之间的禁忌，还是表现出很不高兴的样子。她"直竖起两道似蹙非蹙的眉，瞪了两只似睁非睁的眼，微腮带怒，薄面含嗔"，还威胁着要告诉舅舅和舅母去。宝玉赶忙赔不是，黛玉转而破涕为笑，一面揉眼睛一面笑道："呸，原来是苗而不秀，是个银样镴枪头。"她也借用了《西厢记》中莺莺的戏词回敬了宝玉。

后半部分讲宝玉被袭人叫走以后，黛玉经过了梨香院，偶然听

林黛玉 《红楼梦图咏》［清］改琦

到院内传来《牡丹亭》中《皂罗袍》这支曲子:"原来姹紫嫣红开遍,似这般都付与断井颓垣。"她不禁感叹"原来戏上也有好文章。可惜世人只知看戏,未必能领略这其中的趣味",想毕,又后悔不该胡想,耽误了听曲子。又侧耳时,只听唱道:"则为你如花美眷,似水流年……"林黛玉听了这两句,不觉心动神摇。又听到"你在幽闺自怜"这样的句子,更加如醉如痴,站立不住,坐在一块山子石上,细嚼"如花美眷,似水流年"这八个字的滋味。忽然又想起前日,古人的诗中有"水流花谢两无情"之句,再加上"流水落花春去也,天上人间",又兼方才所见《西厢记》中的"花落水流红,闲愁万种"之句,都一时想起来,凑在一处。仔细忖度,不觉心痛神痴,眼中落泪。

在一个万物复苏的春天,借自然景色感发人生的不自由,天性的扼制,美好青春的叹息,用《西厢记》和《牡丹亭》来唤起宝黛的自然天性和青春觉醒。作者把崔张的爱情故事镶嵌在宝黛爱情的结构中,使我们在阅读上产生了更丰满、更有意味的审美体验。

小说提到的《西厢记》有两种,一种是元代王实甫的《西厢记》杂剧,即北曲《西厢》,宝黛所读的《西厢记》出自《北西厢》;另一种是《南西厢》,即明代李日华的《西厢记》,采用南戏或传奇的形式,用南曲演唱。从两者在戏曲史上的影响和地位来看,《北西厢》的影响主要是在文学,《南西厢》则增加了出目,唱词更加通俗,加强了科介和宾白,更追求舞台的演出效果。

曹雪芹的《红楼梦》之所以达到如此高度,脂批《石头记》如此受人重视,得益于从写和评两个方面都吸收了元代杂剧和明清传奇的长处。从《西厢记》、《牡丹亭》到《红楼梦》,延续了中国古典浪漫主义文学的主流,其内在延续着一种反礼教,以及歌颂神圣人性、自由爱情、自由意志的人文主义精神。《西厢记》中"愿天下有情人皆成眷属"的主题，《牡丹亭》里"情不知所起，一往情深，生可以死，死可以生"的主题，都回荡在宝黛的爱情中，寄寓了曹雪芹和王实甫、汤显祖一样的"有情之天下"的愿望。

二、曹雪芹的家学渊源

说到这里，我们不禁要问，作者曹雪芹何以如此熟悉戏曲呢？接下来我们就谈一谈曹雪芹的家学渊源。

曹雪芹的祖父是曹寅。曹寅字子清，号楝亭，有《楝亭诗集》传世。曹寅的母亲孙氏是康熙的奶娘，曹寅自小做过康熙的玩伴，十六岁时入宫为康熙銮仪卫，甚为康熙信任和赏识。康熙六次南巡，曹寅一人接驾四次。曹寅继承他父亲曹玺，先后任苏州与江宁织造府织造达二十余年。首先，曹寅本人就是一位曲家、传奇作者和诗人，具有很高的曲学修养。他评价自己："曲第一，词次之，诗文次之。"也就是说他认为自己最擅长曲学。据考证，目前可以确定为曹寅自己创作的剧本有《续琵琶记》《北红拂记》《太平乐事》等。其中《续琵琶记》还被曹雪芹写进了《红楼梦》第五十四回中。此外，他还是一位善本图书的收藏家和刊刻者，曾主持刊刻了《全唐诗》《佩文韵府》，又汇刻音韵书《楝亭五种》，艺文杂著《楝亭十二种》，其中包括元代钟嗣成的《录鬼簿》。《录鬼簿》记录了金元时期最重要的杂剧和散曲艺人小传等。

其次，曹寅还有自己的家班。曹寅时代是昆曲盛行的时代，他经常组织家班演出自己创作的传奇剧本，以及其他经典和新创的传奇。

《北红拂记》完成后，曹寅的家班就演出过这出戏，还专门请了尤侗。尤侗是曹寅的忘年之交，也是当时著名的诗人、戏曲家。戏剧家洪昇曾经记录过他和曹寅见面的情况："时督造曹公子清（寅），亦即迎致于白门。曹公素有诗才，明声律，乃集江南江北名士为高会，独让昉思居上座，置《长生殿》本于其席。又自置一本于席。每优人演出一折，公与昉思雠对其本，以合节奏。凡三昼夜始阕。"

此外，曹寅任织造之后，与当时江南极有影响的文人和曲家交游频繁。据统计，与曹寅有诗文交往者有二百余人，其中有当时极有影响的传奇作家和曲家，除上面提到的洪昇，还有查慎行、朱彝尊、马伯和、周亮工和顾景星等，都是曹寅过从甚密的朋友。曹寅在观看朱音仙的演出后，曾经题赠过《念奴娇·白头朱老》一首，其中提到了《燕子笺》《春灯谜》《桃花笑》，以及汤显祖的《玉茗堂四梦》等剧作。敦诚的《四松堂集》和敦敏的《懋斋诗钞》，都记述过曹家的"小部梨园"和"西园歌舞"。

据周汝昌先生考证，曹雪芹是在十三岁左右因为抄家从江南迁回了北京。可以想见，童年的曹雪芹一定见过家班的演出，而且对于家中大量的藏书和传奇剧本是非常熟悉的，所以他才可以如数家珍地把传奇的妙意巧妙地编织进整部《红楼梦》小说。

三、《红楼梦》中运用传奇典故的意义

《红楼梦》中出现了这么多的传奇剧目，对小说究竟有什么意义？接下来，我们分析《红楼梦》中运用传奇典故的意义。

第一，传奇剧目的剧情暗伏了人物命运以及全书的走向。

以第二十九回"享福人福深还祷福　痴情女情重愈斟情"为例。这一回讲全家在贾母的带领下去清虚观打醮，祭奠祖先，神前拈戏，拈出了三本戏：头一本《白蛇记》，第二本《满床笏》，第三本《南柯梦》。神前拈出的三出戏，暗含贾府家族兴衰的历史，有许多学者对此做过讨论。《白蛇记》演汉高祖刘邦斩白蛇起义的故事。元曲四大家之一的白朴曾作过历史题材的杂剧《汉高祖斩白蛇》，《录鬼簿》中记剧名为《斩白蛇》，内容为"汉高祖泽中斩白蛇"；《太和正音谱》仅记剧名为《斩白蛇》，现剧本已佚。这个剧本在剧中照应了荣宁二公出生入死、奠基立业、光大家族的历史。

《满床笏》又名《十醋记》，清代戏剧家李渔阅定为清初范希哲所作。此戏以唐代郭子仪为主角，写其奋勇杀敌，屡建功勋，满门荣贵。郭子仪六十大寿之日，天子赐宴又命满朝文武贺寿，七子八婿均居显位，家势盛极，堆笏满床。"满床笏"是拜寿辞中美好的祝愿，意喻家运兴隆，权势荫及子孙，荣华累世不尽。清代大户人家喜庆筵席最后一出必点《满床笏》中的《笏圆》。小说在此处提到《满床笏》，当然是对贾府曾经的辉煌与荣耀的写照。可是第二本就出现《满床笏》，贾母就有些诧异，第三本又该出现哪出戏呢？

果然，第三本拈出了《南柯梦》，令贾母若有所失。《南柯梦》的作者是汤显祖，剧演淳于棼梦入槐安国，与公主成婚。经历了一番荣华和风流，终遭孤身遣家，梦醒后才发现槐安国只是槐树下一蚁穴。最终在契玄禅师的帮助下，蚁群升天，淳于棼斩断一切尘世情缘，立地成佛。该剧蕴含了作者对于人生意义的思考，警醒世人所谓繁华不过一梦，从南柯梦中解脱，即是从世间的纷扰中解脱。为功名利禄所束缚的虚无的人生不值得追求，人应该寻求精神上的超脱。脂批此戏暗伏贾府最终的败落,以及宝玉最后遁入空门的结局。

第二,增加人物对白的机锋,刻画人物性格,增加文本的内涵和趣味。

第三十回"宝钗借扇机带双敲　龄官划蔷痴及局外"中,清虚观打醮一日,因金麒麟引出的"金玉良缘"还是"木石前盟"的矛盾,令宝黛二人闹得不可开交,一个砸了玉,一个剪断了玉上的穗子,又哭又闹,弄得贾府上下沸沸扬扬,惊动了贾母和王夫人,事后宝玉又因为耐受不住林妹妹不理自己而主动登门道歉。凤姐正拉了两人来老太太处,恰逢宝钗在场。宝钗因为宝玉把自己比作杨贵妃而心有不快,又见黛玉听了宝玉的奚落之言,面有得意之态,宝钗便抓住宝玉向黛玉请罪一事,借《负荆请罪》的典故机带双敲。

这一回中出现的《负荆请罪》并非讲廉颇蔺相如的故事(《完璧记》),而是讲李逵误会宋江和鲁智深绑了人家女儿,回到山上去找宋江、鲁智深讨个公道,最后发现原来是个误会,特来向宋江认罪的杂剧(《李逵负荆》),作者是元代剧作家康进之。此处用典十分巧妙。宝玉问宝钗:"宝姐姐,你听了两出什么戏?"宝钗说:"我看的是李逵骂了宋江,后来又赔不是。"宝玉便笑道:"姐姐博古通今,色色都知道,怎么连这一出戏的名字也不知道,就说了这么一串子。这叫《负荆请罪》。"宝钗笑道:"原来这叫作《负荆请罪》!你们通今博古,才知道'负荆请罪',我不知道什么是'负荆请罪'!"宝钗没有直接反击宝玉,反而巧妙地设下陷阱,让毫无心机的宝玉点出剧名,趁势机带双敲,直接借着"负荆请罪"的剧名和李逵的鲁莽,讽刺宝玉兼嘲笑了黛玉，令二人在众人面前着实尴尬了一回，心思不可谓不机敏。

第三，烘托荣宁二府的富贵奢华，为贾府日后的败落埋下伏笔。

第十九回"情切切良宵花解语　意绵绵静日玉生香"中，东府安排新年演大戏，时间恰好在元妃省亲之后，全府上下经过省亲的折腾，已经是疲惫不堪了。贾珍又在这个时候请了弋阳腔的戏班子演出大戏，书中提到的有《丁郎认父》《黄伯央大摆阴魂阵》《孙行者大闹天宫》《姜太公斩将封神》四出。"倏尔神鬼乱出，忽又妖魔毕露，甚至于扬幡过会，号佛行香，锣鼓喊叫之声远闻巷外。"

这四出戏均为弋阳腔剧目，作者今日不可考，仅知是清初的宫廷大戏，一般老百姓看不到，所以书中这样写道："好热闹戏，别人家断不能有的。"上演这样的宫廷大戏，图个热闹和排场，一方面反映了当时文化的大环境，以及戏剧和权势、金钱的关系；从另一个侧面也反映出贾府在外强中干的情形下依然铺张浪费、穷奢极侈，这是贾府为了彰显元妃省亲之后特殊的圣眷排场而安排的。唱这么一堂大戏，所费的财力物力可想而知。正应了第二回"贾夫人仙逝扬州城　冷子兴演说荣国府"中冷子兴对贾雨村说的那番话："［这宁荣两府］安富尊荣者尽多，运筹谋画者无一；其日用排场费用，又不能将就省俭，如今外面的架子虽未甚倒，内囊却也尽上来了。"另外，第十四回秦可卿出殡路上各王府的路祭仪式，设席张筵，和音奏乐，十分铺张；而第十六回秦可卿死后不久，因贾政生日又安排了戏班子成日唱戏；特别是第四十五回赖嬷嬷得了主子的好处，给孙子捐了一个官，还要"在我们破花园子里摆几席酒，一台戏，请老太太、太太们、奶奶姑娘们去散一日闷；外头花厅上一台戏,摆几席酒,请老爷们、爷们去增增光",这些为了显示贵族之家的显赫阔绰而演出大戏,奢靡铺张之风波及下人,都从侧面进一步点出了贾府铺张和衰落的根源。

第四,反映了康雍乾盛世贵族戏班的生存和演出的基本状况。

研究《红楼梦》与戏曲的关系,不得不提到《红楼梦》中的家班演出。从家班演出可以见出当时戏班的生存和演出的状况。《红楼梦》中提到了忠顺王府、南安王府、临安伯府以及各官宦人家,都"养有优伶男女",这是当时的社会风气。当然最重要的数贾府自己的家班。第十七至第十八回"大观园试才题对额　荣国府归省庆元宵"提到为了迎接元妃省亲,贾府除了构建大观园之外,还在苏州地区置办了一个家班,贾蔷从姑苏采买了十二个女孩子并聘了教习以及行头等事。这十二个女孩子就是家班的十二女官,分别是文官、芳官、龄官、葵官、藕官、蕊官、茄官、玉官、宝官、豆官、艾官和茄官。第十七回,薛姨妈另迁于别处,将梨香院腾出来让十二女官入住。后来小说中出现的大部分演出,都是由贾府自己的这个家班承担的。

明清之际,上流社会豢养优伶蔚然成风,清代贵族、官僚、地主、富商人家逢年过节常常雇戏班子演出,有条件的都自备家班。作为一个特殊群体,家乐优伶有着不同于职业伶人的特殊性,家乐优伶现象有着独特的社会意义,他们的命运、际遇也直接反映出当时的社会现实。

家庭戏班的功能第一是满足王公贵族享乐的欲望;第二是可以借此作为结交攀缘的资本,小说也出现了王府之间相互送戏的情形;第三就是借家班规模斗富争胜;第四在于家班文化是封建礼仪

芳官 《红楼梦图咏》［清］改琦

文化的需要，也是明清两代的社会风尚。贾府中以贾母为代表的热衷听戏的人不在少数，这个新置办的戏班脚色行当基本齐全，大约是生行两名——小生宝官和藕官；旦行六名——两名正旦玉官和芳官，三名小旦龄官、菂官、蕊官，还有老旦茄官；末行一名——老外艾官；剩下为一净一丑：大花面葵官和小花面豆官。文官的脚色，有可能是小生或者副末。

当然，从贾府上下对于这十二个小女孩的态度，以及十二官在贾府最后的命运，也可以见出清代戏曲演员的社会地位是极其低下的。赵姨娘曾说"我家里下三等奴才也比你高贵些"。但是曹雪芹笔下的这十二伶官从来到大观园到离开，始终保持着她们的强烈鲜明的个性。比如龄官居然敢于拒绝非常赏识她的元妃钦点的"两出戏"，贾蔷"命龄官作《游园》《惊梦》二出，龄官自为此二出原非本角之戏，执意不作，定要作《相约》《相骂》二出"。不仅如此，她还拒绝过宝玉的央请，有一回宝玉特意找到梨香院请她唱《袅晴丝》一套曲，那龄官却"独自倒在枕上，见他进来，文风不动"。龄官强烈的个性表现在身虽为奴，心自高贵，不卑不亢，不媚不俗。小说中两次说到龄官的容貌，说她大有林黛玉之态，她就好像是黛玉的影子，有灵气，出类拔萃，个性孤高。曹雪芹借龄官的形象也写出了中国戏曲史上许多铁骨铮铮的艺人。藕官不顾贾府规矩森严，焚纸祭奠菂官，哀悼苦难的同伴，显示了一个薄情的世界里可贵的真情。天真坦直的芳官在戏班解散后被分到了宝玉房中，因不堪忍受干娘的虐待，她反抗得多么顽强，"物不平则鸣"。芳官和其他姐妹联合起来围攻赵姨娘的那一场戏，是《红楼梦》最令人难忘的篇章之一。

演员	脚色行当	细分脚色	结局
文官	末或生	副末或小生	领班／贾母留用
藕官	生	小生	黛玉留用／出家
芳官	旦	正旦	宝玉留用／出家
蕊官	旦	小旦	宝钗留用／出家
艾官	末	老外	探春留用
葵官	净	大花面	湘云留用
荳官	丑	小花面、小丑	宝琴留用
茄官	旦	老旦	尤氏要去
玉官	旦	正旦	自愿离府
龄官	旦	小旦	自愿离府
宝官	生	小生	自愿离府
蕅官	旦	小旦	中途去世

红楼十二官

十二官进贾府时有十二人，第五十八回写到贾府戏班需要遣散，那时候其实只剩了十一人，蕅官已经死去。最后芳官、藕官和蕊官也落得削发为尼的结局，是很不幸的。美好可爱的十二官的命运寄托了曹雪芹深切的同情，同时也深化了这一个有情世界被无情世界所吞噬的悲剧性。

第五，这些小说中出现的剧目反映了清代中叶之后，剧坛占主流的依然是宣扬忠孝节义、夫荣妻贵的题材。比如《双官诰》《钗钏记》《满床笏》《琵琶记》等。

第八十五回"贾存周报升郎中任　薛文起复惹放流刑"提到了

《蕊珠记》、《琵琶记》和《祝发记》。其中《琵琶记》是元末明初剧作家高明的传奇，共四十二出。故事讲述了书生蔡伯喈在与赵五娘婚后无心功名，其父蔡公逼迫蔡伯喈赴京赶考，高中状元后又被迫与丞相女儿成婚。而此时家乡恰逢饥荒，父母双亡。蔡伯喈日夜想念父母妻子，欲辞官回家，朝廷却不允许。赵五娘祝发葬父，一路行乞进京寻夫，最终夫妻团圆。

《琵琶记》充满"子孝与妻贤"的内容，通篇展示"全忠全孝"的蔡伯喈和"有贞有烈"的赵五娘的悲剧命运。高明强调封建伦理的重要性，希望通过戏剧"动人"的力量，让观众受到教化。因此，明太祖曾盛誉《琵琶记》是"山珍海错，贵富家不可无"（《南词叙录》）。赵五娘"奴家与夫婿，终无见期"，"供膳得公婆甘旨"，和宝钗后来虽与宝玉成婚，但丈夫远走，只得在家侍奉公婆的命运相照应。在此也揭示出宝钗这个人物的悲剧性，遵从礼教妇道没有给她带来幸福，她也是被礼教所贻误的女性。戏中赵五娘终得与丈夫团圆，但是宝钗注定凄冷荒寒、孤独终老。

第六，通过小说人物的剧目选择可以看出作者本人对戏文的审美旨趣。

最能见出曹雪芹对戏曲的鉴赏和品位的是他在第五十四回"史太君破陈腐旧套　王熙凤效戏彩斑衣"中，借贾母一人之口，或评点，或回忆，不仅表达出作者的戏曲偏好，亦写贾母品位之"不俗"。大家在前几回都会认为贾母这个人最喜欢热闹，格调不高，但绝没有想到她有极高的艺术鉴赏力。曹雪芹就是通过这一回贾府元宵夜宴表现了贾母非同一般的修养。这一回承接上回"宁国府除夕祭宗祠　荣国府元宵开夜宴"，写到夜深渐凉，贾母带众人挪入暖阁之中，因还有薛姨妈、李纨寡婶等亲戚在，少不得要叫来梨香院的女孩子们，"就在这台上唱两出给他们瞧瞧"。一为不落"褒贬"，二为听个"殊异"，贾母便指导芳官、龄官分唱《寻梦》《惠明下书》二折，又借《楚江情》一支，回忆年少时家班上演的以琴伴奏的《西厢记·听琴》《玉簪记·琴挑》《续琵琶记·胡笳十八拍》。

在全书中，这一回涉及戏曲的篇幅最长、剧目最多，人物对于戏曲演唱、伴奏乐器的评论也最为内行。这一回在贾母的"指导"下，所有曲目的演出方式新奇雅致，比如，她"叫芳官唱一出《寻梦》，只提琴至管箫合，笙笛一概不用"，"叫葵官唱一出《惠明下书》，也不用抹脸"。清唱的《寻梦》、"吹箫和"的《楼会》，一律清冷哀婉，既烘托了月夜之清幽，又暗含一丝人生的凄怆，营造出一种超然世外的情调和意境。

《寻梦》一折，写的是杜丽娘次日寻梦，重游梦地，然而物是人非、梦境茫然，便生出无限的哀愁和情思。贾母提出只用箫来伴奏，可使得唱腔更加柔和动听，倘用笛，则唱者嗓音如不够，或许笛声反将肉声给掩盖了。《惠明下书》是王实甫《北西厢》第二本的楔子，贾母要求大花面龄官不抹脸，其实也是清唱，其中《中吕扎引·粉蝶儿》《高宫套曲·端正好》都是北杂剧的套曲，音域高亢，净角阔口戏，要用"宽阔宏亮的真嗓"演唱，非常考验演员的功力。而这一回提到的《续琵琶记》就是曹雪芹的祖父曹寅所作，这个传奇写了蔡邕托付蔡文姬续写汉书，蔡文姬颠沛流离、最后归汉的故事。现在唯一能够看到的是三十五出的残本。

第七，有利于我们具体地体会并思考昆曲衰落的某些历史原因。

比如第五十八回"杏子阴假凤泣虚凰　茜纱窗真情揆痴理"中提到，宫里面有一位老太妃薨了，凡诰命等皆入朝随班按爵守制。

"敕谕天下：凡有爵之家，一年内不得筵宴音乐，庶民皆三月不得婚嫁。"于是各官宦家，凡养优伶男女者，一概蠲免遣发。尤氏等便议定，待王夫人回家，也想遣发这十二个女孩子，又说："这些人原是买的，如今虽不学唱，尽可留着使唤，令其教习们自去也罢了。"从这段文字我们可以看出，一个太妃的死，就可以导致举国上下不得筵宴、婚嫁、看戏，贾府的家班也只好暂且解散。十二个女孩子有的被遣回，有的自愿留下为奴。书中这样描写：

> ……将去者四五人皆令其干娘领回家去，单等他亲父母来领；将不愿去者分散在园中使唤。
>
> 贾母便留下文官自使，将正旦芳官指与宝玉，将小旦蕊官送了宝钗，将小生藕官指与了黛玉，将大花面葵官送了湘云，将小花面荳官送了宝琴，将老外艾官送了探春，尤氏便讨了老旦茄官去……众人皆知他们不能针黹，不惯使用，皆不大责备。其中或有一二个知事的，愁将来无应时之技，亦将本技丢开，便学起针黹纺绩女工诸务。

家班散了，女伶们不能演戏，遂将本技丢开了。在此我们可以体会出昆曲在清代的兴衰成败和国家的政治法令、贵族的扶持打压有很大的关系，而戏曲在历史上的兴衰起伏也是如此。

四、细读元妃省亲所点的四出戏

《红楼梦》是怎样运用传奇起到暗示人物命运以及全书走向的

作用的？下面我们就以第十七至第十八回"大观园试才题对额 荣国府归省庆元宵"出现的四出戏来进行细读。

元妃省亲正是贾家鲜花着锦、烈火烹油之时，而元妃之死是贾家真正分崩离析、节节败落的开始。由元春省亲为引线牵动一个庞大家族的命运是曹雪芹小说构思的关键。贾府对元妃的到来从物质到精神做了充分的准备，物质上的准备就是斥巨资建造了一座大观园，精神上文化上的准备，从大观园题额显示书香门第的文化品位，以及专门下姑苏采集戏班子准备精神盛宴可以见出。省亲作为小说的枢纽，也是贾府败落的先声，然而如此鸿篇巨制却用元妃所点之戏文将草蛇灰线埋伏于千里之外，不能不说是曹雪芹的功力所在。而这里所伏的草蛇灰线就是元妃点的这四出戏：《一捧雪》《长生殿》《邯郸梦》《牡丹亭》。

脂砚斋评本批注："（元妃）所点之戏剧伏四事，乃通部书之大关节，大关键。"《增评补图石头记》在第十八回中眉批："随意几出戏，咸有关键，若乱弹班一味瞎闹，其谁寓目。"可见这四出戏在小说中的重要位置。

元妃所点第一出戏是清代剧作家李玉的《一捧雪》。

《一捧雪》是李玉"一人永占"[1]四部传奇中的第一部。《一捧雪》讲述了明代严世蕃为霸占古董"一捧雪"玉杯而陷害莫怀古的故事。第五出《豪宴》写莫怀古把精于装裱字画和鉴别古董的汤勤推荐给严世蕃，严设宴招待。招待的过程演出了一个杂剧《中山狼》。

这是一个"戏中戏"的结构，所以实际上这一章回涉及了五个

---

1 明亡以前所作戏剧，以"一笠庵四种曲"（《一捧雪》《人兽关》《永团圆》《占花魁》）最为有名，合称"一人永占"。

传奇。《一捧雪》是一个关于欲望、阴谋和陷害的故事，它的情节所要揭示的就是繁华荣耀的背后是不为人知的政治斗争、阴谋、陷害和残杀。《一捧雪》/《豪宴》是伏笔，也是反讽。小说后面伏有相关巧取豪夺的情节，比如贾雨村为了讨好贾赦，害死了石呆子，从他手里巧取豪夺了二十把古扇。贾家子弟没少干巧取豪夺的缺德事，比如薛蟠不择手段夺取香菱，贾赦毫无廉耻地欲夺鸳鸯为妾，都是尊贵体面背后不为人知的肮脏和黑暗。至于戏中戏《中山狼》也是一种反讽，"此系中山狼，得势便猖狂"，讽刺了贾府败落后一般中山狼的嘴脸，比如贾雨村、王仁这样的人。

元妃点的第二出戏是洪昇的《长生殿·乞巧》。

这当然寄寓了元妃对人间真情的渴望。她点这出戏的愿望出于和杨贵妃一样的身份，希望自己能够得到皇上的真爱，能够体会人间最真挚的男女真情。但是她没有杨贵妃幸运，杨玉环在短暂的生命里还有一位君王与自己有人间的真爱。

元妃既被隔断了家庭的人伦之爱，也没有人间的恋情。她省亲见到家人的第一句话就是"当日既送我到那不得见人的去处"，可想而知她此时的苦闷，元春的结局是悲惨的，正如判词所写："二十三年辨是非，榴花开处照宫闱。三春争及初春景，虎兔相逢大梦归。"

再看第三出点的是汤显祖的《邯郸梦·仙缘》。

《邯郸梦》写八仙度卢的故事。卢生在邯郸旅店中，遇吕洞宾，吕仙人给了他一个枕头。卢生在枕上入梦，梦中经历了一个跌宕起伏的人生。梦醒时才发现梦里一生，而现实中一锅黄粱竟都还没煮熟，当下开悟，离了红尘，去顶替何仙姑当扫花人去了。第三十出《合仙》写吕洞宾度卢生到了仙境，与另外七位仙人相会，舞台本称

《仙圆》或《仙缘》。

《仙缘》写卢生梦醒，恍然大悟，随仙升天。戏中虽写超脱，但是现实中的人很难超脱，现在正是"烈火烹油、鲜花着锦"之时，可惜这些过惯锦衣玉食的人根本看不破，世间一切都是虚幻和无常的。戏中人超脱，戏外人沉迷，这是曹雪芹对位和反讽的写法。元妃省亲的盛极一时犹如大梦，贾府的兴衰荣辱到头来也不过是一枕黄粱美梦，而梦终归是要醒的，所谓"虎兔相逢大梦归"，作者在此伏下这一笔。由此可见，曹雪芹在《红楼梦》这部小说中寄寓着关于人如何超越有限和苦难的哲理思索。王国维评价："《红楼梦》一书，实示其生活、此苦痛之由于自造，又示其解脱之道不可不由自己求之者出。"

我们再看元妃所点的第四出戏《牡丹亭·离魂》。

汤显祖的《牡丹亭》全本五十五出，第二十出《闹殇》，舞台本称为《离魂》，讲的是杜丽娘因梦成病，一病不起，她知道自己行将离世，于是画下自己的写真像，临终前有一番肝肠寸断的感叹。我们不禁疑惑：大喜之日，省亲之时为什么偏偏点这样一个悲戏？过去有学者认为这里伏了黛玉之死。我认为我们还是来看一看《离魂》中最重要的一支曲子就明白了。元妃一定熟悉《牡丹亭·离魂》中的一个极为动听感人的曲牌《集贤宾》。这个曲牌写了杜丽娘中秋之夜即将离世时的一段吟唱。

海天悠，问冰蟾何处涌？玉杵秋空，凭谁窃药把嫦娥奉？甚西风吹梦无踪！人去难逢，须不是神挑鬼弄。在眉峰，心坎里别是一般疼痛。

大致的意思是今晚正值中秋之夜，本是团圆的日子。而此时，孤零零一轮明月悬挂于寂寞浩渺的海天，我丽娘想起了月中的嫦娥，想当日她也是这样孤独地飞升而去，如今在广寒宫中，该是多么寂寥清冷！恰逢西风吹入梦中，心上人思而不得，此生难见。令人怎能不愁上眉头，再上心头。

作者曹雪芹在此借戏抒怀。天下无不散的宴席，点完了最后一出戏，就要和家人离别了，这一别很有可能是生离死别。元妃想到自己好比广寒宫中的嫦娥，有家不能回，清冷无依。杜丽娘离世时有一段词："轮时盼节想中秋，人到中秋不自由。奴命不中孤月照，残生今夜雨中休。"元春喟叹自己的命运正像孤月残照，无休无止。《离魂》中杜丽娘自知不久于人世，嘱咐春香"你生小事依从，我情中你意中。春香，你小心奉事老爷奶奶"。不过戏中的杜丽娘等来了"月落重生灯再红"，而元妃注定是"魂归冥漠魄归泉"。元妃来去之间，三次落泪，不舍之情尽显。

所以，传奇戏曲演出和曲词在《红楼梦》中所起到的作用是多个层面的，它既可以在恰当的情境中借戏剧人物的抒怀，呼应人物的心理；也可以借戏剧的内容、主旨展现人物的性格和人物关系。曹雪芹用戏剧和小说相互交织的方式设置伏笔与隐喻，使得戏剧情境和家族命运相互照应，造成情境的烘托和渲染，外部演戏的喜庆气氛，和内在家族和个人命运的深层悲剧，相互间形成了戏剧性的张力，推升了《红楼梦》深层的美学意蕴。

戏剧是梦，曹雪芹在《红楼梦》中，巧设戏剧，梦中之梦，以梦破梦。大观园中，人们观照戏台上的历史沧桑；在更虚无缥缈、神秘莫测的太虚幻境中，时间和命运在观照世间的悲欢离合。曹雪芹在宇宙的角度，俯瞰人生历史的周而复始；在永恒的角度，回眸世间百态的瞬息万变。曹雪芹以小说和戏剧观人世百态，观历史禁锢，观人性善恶，观时世之变，观宇宙万物，以小技而证圣，入大乘智慧。所以说，《红楼梦》是伟大的，《红楼梦》是说不尽的！

第八章 《红楼梦》的心理描写

刘勇强
北京大学中文系教授

中国古代小说，特别是通俗小说，为了迎合接受者的兴趣，往往追求情节的离奇巧合，其结果可能导致对人物塑造，尤其是人物心理刻画的疏略。而《红楼梦》却以人物刻画为中心，在"大旨谈情"的主张下，对人物的心理做了深入的揭示，这也成为这部小说的一个重要的艺术特色。

一、对人物心理的精细把握与揭示

我们可以先看第三十一回中的一段描写。金钏儿死后，宝玉心情不好，喝了酒回来，误踢了袭人；同时，宝玉还因为说宝钗像杨妃而得罪了她。这日本来是端阳佳节：

> 午间，王夫人治了酒席，请薛家母女等赏午。宝玉见宝钗淡淡的，也不和他说话，自知是昨儿的原故。王夫人见宝玉没

精打采，也只当是金钏儿昨日之事，他没好意思的，越发不理他。林黛玉见宝玉懒懒的，只当是他因为得罪了宝钗的原故，心中不自在，形容也就懒懒的。凤姐昨日晚间王夫人就告诉了他宝玉、金钏的事，知道王夫人不自在，自己如何敢说笑，也就随着王夫人的气色行事，更觉淡淡的。贾迎春姊妹见众人无意思，也都无意思了。因此，大家坐了一坐就散了。

表面上看，每个人的表情是一样的，都显得没精打采，但实际上各自的心理并不一样，这种不一样，是因为各自身份不同、人物关系不同，又各有具体的原因，曹雪芹敏锐地把握了人物心理上的细微差别。

最值得称道的是，曹雪芹还善于挖掘性格思想相近的人在心理特征上的不同。以宝黛二人为例，他们的思想旨趣相近，小说突出了他们的心心相印，但他们的心理特征很不相同。如第三回写二人初见时：

> 黛玉一见，便吃一大惊，心下想道："好生奇怪，倒像在那里见过一般，何等眼熟到如此！"……宝玉早已看见多了一个姊妹，便料定是林姑妈之女，忙来作揖……因笑道："这个妹妹我曾见过的。"

两人的心理反应是一样的，都有似曾相识的感觉，表现得却不尽相同。甲戌本此处有一眉批："黛玉见宝玉写一'惊'字，宝玉见黛玉写一'笑'字，一存于中，一发于外，可见文于下笔必推敲的准稳，方才用字。"所谓"推敲的准稳",就是对人物心理的准确把握。黛玉是幼女,又是初来乍到,所以小说家只写她暗暗惊讶。而宝玉不同,他没有任何顾忌,所以看了便笑,笑了就说,自然而然。

在接下来的情节发展中,《红楼梦》更深刻地描写出了宝黛二人多侧面、多层次的心理特征。大体上,黛玉的心理是复杂的、矛盾的,如第三十二回描写湘云劝宝玉该留心仕途经济,宝玉当时就催她走,袭人从中劝解,并对宝玉在黛玉、宝钗间不同的态度感到不解。

> 宝玉又说,林妹妹不说这样混帐话,若说这话,我也和他生分了。
>
> 林黛玉听了这话,不觉又喜又惊,又悲又叹。所喜者,果然自己眼力不错,素日认他是个知己,果然是个知己。所惊者,他在人前一片私心称扬于我,其亲热厚密,竟不避嫌疑。所叹者,你既为我之知己,自然我亦可为你之知己矣;既你我为知己,则又何必有金玉之论哉;既有金玉之论,亦该你我有之,则又何必来一宝钗哉!所悲者,父母早逝,虽有铭心刻骨之言,无人为我主张。况近日每觉神思恍惚,病已渐成,医者更云气弱血亏,恐致劳怯之症。你我虽为知己,但恐自不能久待;你纵为我知己,奈我薄命何!想到此间,不禁滚下泪来。

又如第三十四回宝玉让晴雯给黛玉送来手帕:

> 这里林黛玉体贴出手帕子的意思来,不觉神魂驰荡:宝玉这番苦心,能领会我这番苦意,又令我可喜;我这番苦意,不知

将来如何,又令我可悲;忽然好好的送两块旧帕子来,若不是领我深意,单看了这帕子,又令我可笑;再想令人私相传递与我,又可惧;我自己每每好哭,想来也无味,又令我可愧。如此左思右想,一时五内沸然炙起。

这两段心理描写都描写了黛玉的左思右想,百感交集。这种多侧面的心理特征与她无依无靠的孤女身份十分吻合。而宝玉不同,如第二十八回写黛玉葬花时:

不想宝玉在山坡上听见,先不过点头感叹;次后听到“侬今葬花人笑痴,他年葬侬知是谁”,“一朝春尽红颜老,花落人亡两不知”等句,不觉恸倒山坡之上,怀里兜的落花撒了一地。试想林黛玉的花颜月貌,将来亦到无可寻觅之时,宁不心碎肠断!既黛玉终归无可寻觅之时,推之于他人,如宝钗、香菱、袭人等,亦可到无可寻觅之时矣。宝钗等终归无可寻觅之时,则自己又安在哉?且自身尚不知何在何往,则斯处、斯园、斯花、斯柳,又不知当属谁姓矣!——因此一而二,二而三,反复推求了去,真不知此时此际欲为何等蠢物,杳无所知,逃大造,出尘网,始可解释这段悲伤。

第五十八回也有一段类似的描写:

只见柳垂金线,桃吐丹霞,山石之后,一株大杏树,花已全落,叶稠阴翠,上面已结了豆子大小的许多小杏。宝玉因想道:

"能病了几天，竟把杏花辜负了！不觉已到'绿叶成荫子满枝'了！"因此仰望杏子不舍。又想起邢岫烟已择了夫婿一事，虽说是男女大事，不可不行，但未免又少了一个好女儿。不过两年，便也要"绿叶成荫子满枝"了。再过几日，这杏树子落枝空，再几年，岫烟未免乌发如银，红颜似槁了，因此不免伤心，只管对杏流泪叹息。

　　正悲叹时，忽有一个雀儿飞来，落于枝上乱啼。宝玉又发了呆性，心下想道："这雀儿必定是杏花正开时他曾来过，今见无花空有子叶，故也乱啼。这声韵必是啼哭之声，可恨公冶长不在眼前，不能问他。但不知明年再发时，这个雀儿可还记得飞到这里来与杏花一会了？"

　　上面关于宝玉的这两段心理描写也有一个共同的特点，就是突出宝玉"一而二，二而三，反复推求了去"的"呆性"，这里面没有黛玉心理的那种当下的纠结与矛盾，有的只是一点单纯和执着，是一种以时间为维度的单向思维，这是宝玉在贾府因尊宠而养成的自我中心心理的反映。他虽然有时也会有这样的复杂心理，但不像黛玉那么纠结（如第五十二回的"又喜又气又叹"）。上述宝黛心理的微妙差别，充分显示了曹雪芹对人物心理精细把握与揭示的高超能力。当然，这也需要读者悉心的体会。

二、心理描写的角度与方法

　　曹雪芹在描写人物心理时，运用了各种不同的方法，洞幽烛隐，曲尽人情。有时是作者直接分析概述人物心理；有时则通过人物内心独白，或诗词写作，让人物自诉衷肠；有时通过人物的言谈举止，表现人物难以言表的内心世界；有时又通过梦幻情境、言行失态等，反映人物下意识的心理；还有时通过他人之口，揭示人物的心理。总之，通过这些不同的角度与方法，使人物心理得到多侧面的、富有深度的立体呈现。

内心独白是心理描写常见的方式，如第二十二回贾政在看到元、迎、探、惜四春所出灯谜后，小说描写：

> 贾政心内沉思道："娘娘所作爆竹，此乃一响而散之物。迎春所作算盘，是打动乱如麻。探春所作风筝，乃飘飘浮荡之物。惜春所作海灯，一发清净孤独。今乃上元佳节，如何皆作此不祥之物为戏耶？"心内愈思愈闷，因在贾母之前，不敢形于色，只得仍勉强往下看去。

这里，作者将对情节发展的暗示，通过人物的心理活动表现出来，揭示出情节演进过程中或明或暗的另一线索，即人物心理与感情的变化。

第二十九回更有一段古代小说中不多见的大段心理分析：

> 原来那宝玉自幼生成有一种下流痴病，况从幼时和黛玉耳鬓厮磨，心情相对；及如今稍明时事，又看了那些邪书僻传，凡远亲近友之家所见的那些闺英闱秀，皆未有稍及林黛玉者，所以早存了一段心事，只不好说出来，故每每或喜或怒，变尽法子暗

中试探。那林黛玉偏生也是个有些痴病的，也每用假情试探。因你也将真心真意瞒了起来，只用假意，我也将真心真意瞒了起来，只用假意，如此两假相逢，终有一真。其间琐琐碎碎，难保不有口角之争。

即如此刻，宝玉的心内想的是："别人不知我的心，还有可恕，难道你就不想我的心里眼里只有你！你不能为我烦恼，反来以这话奚落堵我。可见我心里一时一刻自有你，你竟心里没我。"心里这意思，只是口里说不出来。那林黛玉心里想着："你心里自然有我，虽有'金玉相对'之说，你岂是重这邪说不重我的。我便时常提这'金玉'，你只管了然自若无闻的，方见得是待我重，而毫无此心了。如何我只一提'金玉'的事，你就着急，可知你心里时时有'金玉'，见我一提，你又怕我多心，故意着急，安心哄我。"

看来两个人原本是一个心，但都多生了枝叶，反弄成两个心了。那宝玉心中又想着："我不管怎么样都好，只要你随意，我便立刻因你死了也情愿。你知也罢，不知也罢，只由我的心，可见你方和我近，不和我远。"那林黛玉心里又想着："你只管你，你好我自好，你何必为我而自失。殊不知你失我自失。可见是你不叫我近你，有意叫我远你了。"如此看来，却都是求近之心，反弄成疏远之意。如此之话，皆他二人素习所存私心，也难备述。

如今只述他们外面的形容……

所谓"只述他们外面的形容"，是通过人物的言行来表现人物心理。比如第二十五回叙宝玉被贾环恶意泼灯油而烫伤面部后：

> 林黛玉便赶着来瞧，只见宝玉正拿镜子照呢，左边脸上满满的敷了一脸的药。林黛玉只当烫的十分利害，忙上来问怎么烫了，要瞧瞧。宝玉见他来了，忙把脸遮着，摇手叫他出去，不肯叫他看。——知道他的癖性喜洁，见不得这些东西。林黛玉自己也知道自己也有这件癖性，知道宝玉的心内怕他嫌脏，因笑道："我瞧瞧，烫了那里了，有什么遮着藏着的。"一面说，一面就凑上来，强搬着脖子瞧了一瞧，问他疼的怎么样。宝玉道："也不很疼，养一两日就好了。"

这一段描写，将宝黛二人相互体贴的心理与感情表现得淋漓尽致。正如甲戌本此处批语所说"二人纯用体贴功夫""真真写他二人之心玲珑七窍"。

有时候，人物的心理是难以言表，甚至是人物自己也并不明确的，曹雪芹也能通过人物"外面的形容"来加以表现，如第三十二回的一段描写：

> 宝玉瞅了半天，方说道"你放心"三个字。林黛玉听了，怔了半天，方说道："我有什么不放心的？我不明白这话。你倒说说怎么放心不放心？"宝玉叹了一口气，问道："你果不明白这话？难道我素日在你身上的心都用错了？连你的意思若体贴不着，就难怪你天天为我生气了。"林黛玉道："果然我不明白放心不放心的话。"宝玉点头叹道："好妹妹，你别哄我。果然不明

白这话，不但我素日之意白用了，且连你素日待我之意也都辜负了。你皆因总是不放心的原故，才弄了一身病。但凡宽慰些，这病也不得一日重似一日。"

林黛玉听了这话，如轰雷掣电，细细思之，竟比自己肺腑中掏出来的还觉恳切，竟有万句言语，满心要说，只是半个字也不能吐，却怔怔的望着他。此时宝玉心中也有万句言语，不知从那一句上说起，却也怔怔的望着黛玉。两个人怔了半天，林黛玉只咳了一声，两眼不觉滚下泪来，回身便要走。宝玉忙上前拉住，说道："好妹妹，且略站住，我说一句话再走。"林黛玉一面拭泪，一面将手推开，说道："有什么可说的。你的话我早知道了！"口里说着，却头也不回竟去了。

又如第五十二回：

宝玉因让诸姊妹先行，自己落后。黛玉便又叫住他问道："袭人到底多早晚回来。"宝玉道："自然等送了殡才来呢。"黛玉还有话说，又不曾出口，出了一回神，便说道："你去罢。"宝玉也觉心里有许多话，只是口里不知要说什么，想了一想，也笑道："明日再说罢。"一面下了阶矶，低头正欲迈步，复又忙回身问道："如今的夜越发长了，你一夜咳嗽几遍？醒几次？"黛玉道："昨儿夜里好了，只嗽了两遍，却只睡了四更一个更次，就再不能睡了。"宝玉又笑道："正是有句要紧的话，这会子才想起来。"一面说，一面便挨过身来，悄悄道："我想宝姐姐送你的燕窝——"一语未了，只见赵姨娘走了进来瞧黛玉，问："姑娘这两天好？"

黛玉便知他是从探春处来,从门前过,顺路的人情。黛玉忙陪笑让坐,说:"难得姨娘想着,怪冷的,亲自走来。"又忙命倒茶,一面又使眼色与宝玉。宝玉会意,便走了出来。

庚辰本此处有批语说:"此皆好笑之极,无味扯淡之极,回思则沥血滴髓之至情至神也。岂别部偷寒送暖私奔暗约一味淫情浪态之小说可比哉?"这种"沥血滴髓之至情至神"同样是难以言表的,但在作者看似"无味扯淡之极"的描写中,又溢于言表。

还是在第二十九回,宝黛大吵后:

袭人见他脸都气黄了,眼眉都变了,从来没气的这样,便拉着他的手,笑道:"你同妹妹拌嘴,不犯着砸他;倘或砸坏了,叫他心里脸上怎么过的去?"林黛玉一行哭着,一行听了这话说到自己心坎儿上来,可见宝玉连袭人不如,越发伤心大哭起来。心里一烦恼,方才吃的香薷饮解暑汤便承受不住,"哇"的一声都吐了出来。紫鹃忙上来用手帕子接住,登时一口口的把一块手帕子吐湿。雪雁忙上来捶。紫鹃道:"虽然生气,姑娘到底也该保重着些。才吃了药好些,这会子因和宝二爷拌嘴,又吐出来。倘或犯了病,宝二爷怎么过的去呢?"宝玉听了这话说到自己心坎儿上来,可见黛玉不如一紫鹃。

又见林黛玉脸红头胀,一行啼哭,一行气凑,一行是泪,一行是汗,不胜怯弱。宝玉见了这般,又自己后悔方才不该同他较证,这会子他这样光景,我又替不了他。心里想着,也由不的滴下泪来了。

我们不能不佩服曹雪芹笔法的高超！当人物陷入激烈的冲突时，如果停下来做直接的心理分析，势必阻断叙事的流畅；而人物又不可能有别的言行进一步表现他们怒气之下的真实心理。于是，曹雪芹就巧妙地让宝黛二人各自最了解他们的贴身丫鬟说出他们的心理。

言行失态往往也反映出人物的潜意识，曹雪芹同样能敏锐地捕捉这样的细节，表现人物深隐的心理，如第二十六回：

> ［宝玉］顺着脚一径来至一个院门前，只见凤尾森森，龙吟细细。举目望门上一看，只见匾上写着"潇湘馆"三字。宝玉信步走入，只见湘帘垂地，悄无人声。走至窗前，觉得一缕幽香从碧纱窗中暗暗透出。宝玉便将脸贴在纱窗上，往里看时，耳内忽听得细细的长叹了一声道："'每日家情思睡昏昏。'"宝玉听了，不觉心内痒将起来，再看时，只见黛玉在床上伸懒腰。宝玉在窗外笑道："为甚么'每日家情思睡昏昏'？"一面说，一面掀帘子进来了。
>
> 林黛玉自觉忘情，不觉红了脸，拿袖子遮了脸，翻身向里装睡着了。

黛玉脱口而出《西厢记》的曲词，在"自觉忘情"中，流露出对爱情的向往，而宝玉"心内痒将起来"，也活现出他情窦初开的心理特征。

又如第三十二回，宝玉见黛玉面有泪痕：

> 一面说，一面禁不住抬起手来替他拭泪。林黛玉忙向后退

了几步，说道："你又要死了！作什么这么动手动脚的！"宝玉笑道："说话忘了情，不觉的动了手，也就顾不的死活。"林黛玉道："你死了倒不值什么，只是丢下了什么金，又是什么麒麟，可怎么样呢？"一句话又把宝玉说急了，赶上来问道："你还说这话，到底是咒我还是气我呢？"林黛玉见问，方想起前日的事来，遂自悔自己又说造次了，忙笑道："你别着急，我原说错了。这有什么的，筋都暴起来，急的一脸汗。"一面说，一面禁不住近前伸手替他拭面上的汗。

一"拭泪"一"拭汗"，同样的动作表现了他们那种共同的彼此珍惜、相互眷恋的深情。我们回过头来再看前面提到的第二十五回黛玉探伤，"强搬着脖子瞧了一瞧"的情景，那时的黛玉完全没有"动手动脚"的禁忌，与此时一样，也是一种"忘了情，不觉的动了手"的心理反映。

另外，日有所思，夜有所梦，通过梦境描写人物心理也是《红楼梦》常用的手法。第三十六回有这样一段：

> 这里宝钗只刚做了两三个花瓣，忽见宝玉在梦中喊骂说："和尚道士的话如何信得？什么是金玉姻缘，我偏说是木石姻缘！"薛宝钗听了这话，不觉怔了。

这是宝玉内心的选择。在现实生活中，他甚至自己都没有完全清楚地意识到或敢于做出这样的决断，但梦中流露出来的内心选择却是他行动的心理依据。

《红楼梦》后四十回中,也有值得称道的梦境描写,如第八十二回:

> 不知不觉,只见小丫头走来说道:"外面雨村贾老爷请姑娘。"黛玉道:"我虽跟他读过书,却不比男学生,要见我作什么?况且他和舅舅往来,从未提起,我也不便见的。"因叫小丫头:"回复'身上有病不能出来',与我请安道谢就是了。"小丫头道:"只怕要与姑娘道喜,南京还有人来接。"说着,又见凤姐同邢夫人、王夫人、宝钗等都来笑道:"我们一来道喜,二来送行。"黛玉慌道:"你们说什么话?"凤姐道:"你还装什么呆。你难道不知道林姑爷升了湖北的粮道,娶了一位继母,十分合心合意。如今想着你撂在这里,不成事体,因托了贾雨村作媒,将你许了你继母的什么亲戚,还说是续弦,所以着人到这里来接你回去。大约一到家中就要过去的,都是你继母作主。怕的是道儿上没有照应,还叫你琏二哥哥送去。"说得黛玉一身冷汗。黛玉又恍惚父亲果在那里做官的样子,心上急着硬说道:"没有的事,都是凤姐姐混闹。"只见邢夫人向王夫人使个眼色儿,"他还不信呢,咱们走罢。"黛玉含着泪道:"二位舅母坐坐去。"众人不言语,都冷笑而去。

有人可能觉得这样的描写过于直露,但若说直露,也未必比宝玉梦中喊骂更直露。而林黛玉随着年龄的增长,经历的累积,孤苦无依的感觉越发强烈,做这样的梦,也并非不可能。

正因为曹雪芹从不同角度、运用不同手法对人物心理做了准确的把握与表现,使《红楼梦》的人物刻画达到了以前小说所没有的深度。

三、心理活动的古典姿态

古代小说人物描写有一些共同点或惯例,这与古人的生活方式、行为特点和精神气质有关,也与小说家对人物性格的把握和表现有关。比如《红楼梦》在描写人物心理时,就有两个极为明显的特征,一个是"低头",再一个是"脸红",这也许可以称为"心理活动的古典姿态"。它既是人物的姿态,也是小说叙事的姿态。

(一) 关于"低头"的描写

《红楼梦》中写到人物"低头思想"状,至少有二三十处,其标准的叙事格式如第二十七回的一段描写,彼时宝钗正要往潇湘馆来:

> 忽然抬头,见宝玉进去了,宝钗便站住低头想了想:宝玉和林黛玉是从小儿一处长大,他兄妹间多有不避嫌疑之处,嘲笑喜怒无常;况且林黛玉素习猜忌,好弄小性儿的。此刻自己也跟了进去,一则宝玉不便,二则黛玉嫌疑。罢了,倒是回来的妙。想毕抽身回来。

"低头想了想""想毕"是整个心理过程的两个符号性语言标志,中间则是人物的"活思想"。

在《红楼梦》一系列"低头"之想的描写中,深浅不同,各有意味。如第六十四回叙宝玉听说黛玉焚香设果:

宝玉这里不由的低头心内细想道:"据雪雁说来,必有原故。若是同那一位姊妹们闲坐,亦不必如此先设馔具。或者是姑爹姑妈的忌辰,但我记得每年到此日期老太太都吩咐另外整理着馔送去与林妹妹私祭,此时已过。大约必是七月因为瓜果之节,家家都上秋祭的坟,林妹妹有感于心,所以在私室自己奠祭,取《礼记》'春秋荐其时食'之意,也未可定。但我此刻走去,见他伤感,必极力劝解,又怕他烦恼郁结于心;若不去,又恐他过于伤感,无人劝止。两件皆足致疾。莫若先到凤姐姐处一看,在彼稍坐即回。如若见林妹妹伤感,再设法开解,既不至使其过悲,哀痛稍申,亦不至抑郁致病。"想毕,遂出了园门,一径到凤姐处来。

这一番心理描写,将宝玉对黛玉的体贴表现得淋漓尽致。

有时候,作者写到"低头",并不直写人物如何思想,如第四回,当门子向贾雨村出示"护官符"并说明案件所牵涉是"四大家族"的薛家时:

雨村低了半日头,方说道:"依你怎么样?"

"低了半日头",是他内心纠结的一个表现。前面已摆出了秉公断案的姿态,此时掂量结果,自然不敢贸然行事。但究竟如何做,又没有经验,大约还想维护体面。如果没有"低了半日头"这一句暗示,直接写他说"依你怎么样",就显得太过简单了。因为作者常常并没有明写人物的心理活动,所以,"低头"一词其实也是一种提示,令读者根据上下文去推测人物具体的想法。

又如第五十七回宝钗见岫烟穿着单薄：

> 宝钗笑问他："这天还冷的很，你怎么倒全换了夹的？"岫烟
> 见问，低头不答。宝钗便知道又有了原故……

岫烟家里贫寒，但她"为人雅重"，"不与人张口"。因为缺钱，"悄悄的把绵衣服叫人当了几吊钱盘缠"。宝钗问起，她羞于启齿，也不愿给人找麻烦，所以才"低头不答"。在宝钗的追问下，她才说出原委和心中所想。这一描写也表现出宝钗善于察言观色，以及对岫烟的体恤。

第七十二回也有一段描写很有深度：

> 凤姐听了，又自笑起来，"不是我着急，你说的话戳人的心。
> 我因为我想着后日是尤二姐的周年，我们好了一场，虽不能别
> 的，到底给他上个坟烧张纸，也是姊妹一场。他虽没留下个男
> 女，也要'前人撒土迷了后人的眼'才是。"一语倒把贾琏说没
> 了话，低头打算了半晌，方道："难为你想的周全，我竟忘了。既
> 是后日才用，若明日得了这个，你随便使多少就是了。"

贾琏早就料定尤二姐是遭了王熙凤算计，但他没有想到王熙凤还会提出给尤二姐上坟，甚至王熙凤本人也未必有这样的初衷。因为对她来讲，这样的表演已经没有特别的意义了，但这又是她的性格与行为逻辑。在这件事上，她不需要装好人了，心里却不由自主地想

掩饰自己曾经做过的坏事。从贾琏来说,他对尤二姐"竟忘了",一半可能是真忘了,一半也许是为了掩饰,掩饰对尤二姐的怀念和对王熙凤的怨恨,所以才有"低头打算"。

在《红楼梦》中,心事重重者莫如黛玉,所以她"低头"的频率相当高。第十八回描写林黛玉误以为她送给宝玉的荷包也被宝玉给了人,赌气回房,将宝玉烦她做的那个香袋儿拿过来就剪破了。宝玉忙把衣领解了,从里面的红袄襟上将黛玉所给的那荷包解了下来,递与黛玉看:

> 林黛玉见他如此珍重,带在里面,可知是怕人拿去之意,因此又自悔莽撞,未见皂白就剪了香袋,因此又愧又气,低头一言不发。

"又自悔莽撞""又愧又气",黛玉此时的心理是很复杂的,难以细述,作者以"低头一言不发"概而言之,留给读者去想象。

第二十八回,黛玉因在怡红院吃了闭门羹,十分伤心。经宝玉一番恳切解释,甚至把宝钗都说成了"外四路的":

> 黛玉耳内听了这话,眼内见了这形景,心内不觉灰了大半,也不觉滴下泪来,低头不语。

对于宝玉的推心置腹,黛玉还"心内不觉灰了大半",其心态正如前面所说的,她的内心十分纠结。而她的"低头不语",却显然是态度有所转变的表现。从开始的不理不睬,到"低头不语",再到后面经宝玉进一步解释,"不觉将昨晚的事都忘在九霄云外了",以至于最后破涕为笑,黛玉心理变化的轨迹十分清晰。

在接下来的第二十九回,宝黛仍未和好,贾母急得抱怨说:

> "我这老冤家是那世里的孽障,偏生遇见了这么两个不省事
> 的小冤家,没有一天不叫我操心。真是俗语说的,'不是冤家不
> 聚头'……"原来他二人竟是从未听见过"不是冤家不聚头"的
> 这句俗语,如今忽然得了这句话,好似参禅的一般,都低头细嚼
> 此话的滋味,都不觉潸然泣下。

在民间语文中,"冤家"有情人之意,而"不是冤家不聚头"又有
缘分的意思。贾母的话肯定使宝黛二人对他们之间的感情和关系产
生了丰富的联想。就在这一描写的前面,作者刚对宝黛二人的心理
做了大段的直接分析,并说"如此之话,皆他二人素习所存私心,也
难备述,如今只述他们外面的形容"。因此,作者在此处便只以一句
"低头细嚼此话的滋味",说明他们内心受到的触动,而"都不觉潸然
泣下"则表明了这种内心反应的强烈。

(二)关于"脸红"的描写

在《红楼梦》的心理描写中,另一个常见的语言标记便是"脸
红"。脸红是人在受到外部环境的某种刺激后引起的一种生理反应
(心跳加快、毛细血管扩张等),在这种情况下,内心往往充满了紧张、
激动、慌乱等感受,因为这种反应是不由自主、难以自持的,所以通
常也会伴随着上述"低头"之类的掩饰性动作。比如前面提到的第
二十六回宝玉问黛玉为什么"每日家情思睡昏昏",黛玉便"不觉红

了脸,拿袖子遮了脸,翻身向里装睡着了",极为传神地刻画了少女隐秘心事被人窥破时的娇羞心理与情态。

第三十四回描写宝钗来看望挨了打的宝玉:

> [宝钗]便点头叹道:"早听人一句话,也不至今日。别说老太太、太太心疼,就是我们看着,心里也疼。"刚说了半句又忙咽住,自悔说的话急了,不觉的就红了脸,低下头来。宝玉听得这话如此亲切稠密,竟大有深意,忽见他又咽住不往下说,红了脸,低下头只管弄衣带,那一种娇羞怯怯,非可形容得出者……

这里两处提到宝钗"红了脸,低下头",是因为她对宝玉表现出来的"心疼"之情,至少在"任是无情也动人"的她那里,已是接近于内心爱情的表达了。

与频频"低头"相似,黛玉也屡屡"脸红"。第二十五回黛玉称赞了凤姐送的茶叶后,有这样一段描写:

> 凤姐笑道:"……你既吃了我们家的茶,怎么还不给我们家作媳妇?"众人听了一齐都笑起来。林黛玉红了脸,一声儿不言语,便回过头去了……凤姐笑道:"你别作梦!你给我们家作了媳妇,少什么?"指宝玉道:"你瞧瞧,人物儿、门第配不上,根基配不上,家私配不上?那一点还玷辱了谁呢?"
>
> 林黛玉抬身就走……

这里宝玉拉着林黛玉的袖子,只是嘻嘻地笑,心里有话,只是口里说不出来。此时林黛玉只是禁不住把脸红涨了，挣着要走。

在那个时代，少女被人拿婚事取笑，是件害羞的事。如果取笑者说出的正是她心里所想的话，害羞的程度会更高，"心里有话，只是口里说不出来"，黛玉也未必不是如此。所以，她先是"红了脸"，接下来更"禁不住把脸红涨了"。

第四十五回的一段描写更精彩，在黛玉沉浸在《秋窗风雨夕》的郁闷中时，宝玉来探望她，正所谓最难风雨故人来，黛玉的心情变得开朗起来。

> ……只见宝玉头上带着大箬笠，身上披着蓑衣。黛玉不觉笑了："那里来的渔翁！"……黛玉又看那蓑衣斗笠不是寻常市卖的，十分细致轻巧，因说道："是什么草编的？怪道穿上不像那刺猬似的。"宝玉道："……你喜欢这个，我也弄一套来送你……"黛玉笑道："我不要他。戴上那个，成个画儿上画的和戏上扮的渔婆了。"及说了出来，方想起话未忖夺，与方才说宝玉的话相连，后悔不及，羞的脸飞红，便伏在桌上嗽个不住。

黛玉的"后悔不及"，是因为无意中把自己和宝玉说成了一对。她"羞的脸飞红"，暴露了内心的联想；而越是遮掩，越显示出那其实正是她期待的结果，尽管这种期待还很朦胧，她还不敢大胆面对，也无法勇敢争取。只可惜当时"宝玉却不留心"。

（三）"红了脸，低了头"的叙事逻辑

脸红只是一个下意识的表情，低头也是一个有时甚至不易察觉

的动作，但是，曹雪芹在描写时很有讲究和富于变化。虽然《红楼梦》中关于"脸红"的细节描写非常多见，但是什么人脸红，曹雪芹在描写上也是有区分的。一般来说，女孩子更害羞，也更容易脸红，如第二十六回写贾芸眉目传情：

> 那贾芸一面走，一面拿眼把红玉一溜，那红玉只装着和坠儿说话，也把眼去一溜贾芸：四目恰相对时，红玉不觉脸红了，一扭身往蘅芜苑去了。

在这一段描写中，两人心思相同，小动作也一样，但贾芸未见脸红，红玉却不觉脸红了，可见作者准确地把握了脸红的性别差异。

随着年龄的增长，女性也不会轻易脸红。在《红楼梦》中，中老年妇女脸红只偶尔可见。如第七十六回，贾母让尤氏回家，说："你们小夫妻家，今夜不要团圆团圆，如何为我耽搁了。"奔四十岁的尤氏红了脸。第六回刘姥姥一进荣国府，求王熙凤照应，"未语先飞红的脸"。饱经风霜的刘姥姥，老实本分，从来没有做过这种"打秋风"的事。这一脸红，写尽了一个已经七十多岁的老妇人的含羞忍耻。

当然，男孩子也会脸红，如"女性化"倾向比较明显的贾宝玉就经常脸红。第五十八回湘云揶揄他生恐林妹妹被林家人接走，他红了脸；第六十六回柳湘莲说宁国府"除了那两个石头狮子干净，只怕连猫儿狗儿都不干净"，他红了脸；第七十九回宝玉祭完了晴雯，林黛玉突然出现，说："好新奇的祭文！可与曹娥碑并传的了。"宝玉也不觉红了脸。宝玉的经常脸红，说明了他保持着未被污染的赤子之心。如贾政、贾赦、贾珍、贾琏、薛蟠之辈，是不会脸红的。

如果我们拿脂本与程本对比，"低头""脸红"的描写也有差别。如第六回庚辰本有一段描写：

　　　　那凤姐只管慢慢的吃茶，出了半日的神，又笑道："罢了，你且去罢。晚饭后你来再说罢。这会子有人，我也没精神了。"贾蓉应了一声，方慢慢的退去。

这一段在程乙本中却写成了：

　　　　那凤姐只管慢慢吃茶，出了半日神，忽然把脸一红，笑道："罢了，你先去罢。晚饭后你来再说罢。这会子有人，我也没精神了。"贾蓉答应个是，抿着嘴儿一笑，方慢慢退去。

　　程乙本增写了凤姐的脸红、贾蓉的抿嘴笑，都有些暧昧。而"忽然把脸一红"在写法上，似乎也不太像脂本的"不觉（禁）红了脸"。
　　实际上，后四十回写脸红、低头的地方也随处可见，看得出来，后四十回有着意模仿前八十回的地方，有的描写也颇为精彩，但也有些地方不近情理。
　　总之，关于低头、脸红的描写，在《红楼梦》中举不胜举。这种心理活动的古典姿态，在现当代小说中虽然还有遗存，但随着人们生活观念、交往方式、叙事习惯等的变化，相关描写可能会变得不自然、别扭，或者在声光电的技术中变得越来越不起眼。无论如何，人类曾经有过的微妙的心理活动和对这种活动的体味与表现，都是值得细细品读的。

第九章　《红楼梦》的语言艺术

曹立波
中央民族大学文学院教授

一、探寻《红楼梦》的诗意空间

　　鲁迅先生曾经说过，"自有《红楼梦》出来以后，传统的思想和写法都打破了"。当然，思想、写法这种打破与创新是方方面面的。小说《红楼梦》的艺术成就，突出地表现为圆形人物的塑造，网状结构的设置，还有诗化的、文雅的小说语言。

　　这种诗化和文雅的语言，在通俗小说中是比较特殊的。与传统诗文相比，中国古典小说存在雅文化和俗文化，或者说雅文学与俗文学的区别。古代长篇章回小说属于通俗小说。现存比较早的明代嘉靖壬午年的刊行本，书名就叫《三国志通俗演义》，就有通俗二字了。它的语言特点是"文不甚深，言不甚俗"，也就是文言不甚深，而白话不甚俗，就是半文半白。《三国》之后，从《水浒传》到《金瓶梅》，语言已经渐趋通俗化了，特点也越来越明显。到了清代的《红楼梦》，它的语言尤为与众不同、别开生面。薛宝钗评价林黛玉悲啼五美吟，说林妹妹的这五首诗"命意新奇，别开生面"。我们可以借此形容《红楼梦》的诗化语言，或者说诗体小说的特点。

《红楼梦》的语言特色之一是传神。乾隆年间有一位清宗室的诗人名叫永忠，他在亲戚那看到了《红楼梦》，看完后非常感慨，便为曹雪芹、为《红楼梦》写了三首绝句，其中有一首是这样写的："传神文笔足千秋，不是情人不泪流。可恨同时不相识，几回掩卷哭曹侯。"他非常感慨、怅恨，跟曹雪芹虽然同处一个时代却不认识他。"几回掩卷"这几个字，本身就很传神，也点出了《红楼梦》的传神文笔。

《红楼梦》的另一个语言特色是文雅，或者说规范。

我们再举一个例子。北京师范大学校史曾记载，有一位日本留学生仓石武四郎，他在1928年到1930年的时候，被日本文部省派到北京留学。他住进了胡同，穿上了中式服装，还请了旗人来讲解《红楼梦》。通过精读这部名著，他既掌握了北京话，而且还了解了北京人的风俗生活。由此可见，《红楼梦》语言的规范和文雅，足以作为教材了。

我们再找一个文本当中的例子。《红楼梦》写了很多日常琐事。但是在日常的迎来送往或者是节日的欢聚当中，有些语言还是雅化的。比如酒令中就汇集了诗词曲赋的元素。第六十二回"憨湘云醉眠芍药裀"中，湘云因为酒令而喝多了，她说对了也要喝，说错了也要喝，最后在芍药裀中醉卧。当大家发现她的时候，湘云嘴里还在念诵着这个酒令，说的是："泉香而酒洌，玉碗盛来琥珀光，直饮到梅梢月上，醉扶归，却为宜会亲友。"我们来一一看下这些诗句、词句的典故。"泉香而酒洌"出自宋代欧阳修的《醉翁亭记》，就是"酿泉为酒，泉香而酒洌"。"玉碗盛来琥珀光"出自李白的经典诗作《客中作》：

"兰陵美酒郁金香，玉碗盛来琥珀光。但使主人能醉客，不知何处是他乡。"这和湘云的醉卧也比较应景了。"直饮到梅梢月上"，这个表述是很象形的，它两边是长五，中间是幺五，组合起来，就像梅花簇拥着月亮一样，这是骨牌名。下面的"醉扶归"是曲牌名。最后的"宜会亲友"是"时宪书"（历书）上的一句话，就是"良辰吉日，宜会亲友"。大家可以看到，短短的酒令里汇集了前代的诗词曲赋，或者当时历书上的话，展现了《红楼梦》语言的典雅。

《红楼梦》的语言艺术，千头万绪，就像《红楼梦》这部小说，在它说完了前五回的总纲的时候，作者也感叹，这么多人，这么多事，我将从哪里写起呢？于是他就想到了刘姥姥，从千里之外，芥荳之微，小小的一户人家说起了。《红楼梦》的语言艺术可以是回目上的一个字，可以是写景时的一组词，也可以是写人时候的一段话，或者是叙事时候的一首诗。下面我们谈谈《红楼梦》回目当中用字的精巧。

二、微与半——钗黛之情愫

第八回"比通灵金莺微露意　探宝钗黛玉半含酸"中有两个字很有特色，就是微和半。这"微"从何讲起？"半"又从何讲起？这其实就牵扯到薛宝钗和贾宝玉的金玉良缘的问题，也牵扯到林黛玉与贾宝玉的木石前盟的问题。

我们先看看"微"。第八回开始的时候，薛宝钗病了，贾宝玉就来到梨香院。宝钗刚到贾府的时候，大观园还没有建成，那时她还没有住进蘅芜苑，而是先在梨香院。宝玉来了之后，宝钗就提起，听说宝玉项上有一块通灵宝玉，她想看看。于是，宝玉拿下来给她看，宝

薛宝钗 《红楼梦图咏》［清］改琦

钗看了之后，发现上面有这样两行字，就是"莫失莫忘，仙寿恒昌"。念完这句话，宝钗看了看旁边的丫鬟莺儿，就说："莺儿，你不去倒茶？在那里干什么？"莺儿这时候就说："我听着这句话，好像跟姑娘项圈上的话是一对儿。"这其实提醒了宝玉。于是宝玉也向宝钗要来了她的金锁。他仔细看，上面也有这样两行字，的确是一对儿："不离不弃，芳龄永继。"这个莺儿在这里其实就充当了红娘的作用，她的"微露意"，就是微微地把宝玉和宝钗之间的金玉良缘给交代出来了。可以说这就是金玉良缘的开端。

接下来我们再看看黛玉是如何"半含酸"的。黛玉此时的感情是非常复杂的。偏巧薛姨妈请大家喝酒，宝玉要喝冷酒，宝钗劝他不要喝冷酒，喝完了之后，还要"以五脏去暖他"，宝玉马上"命人暖来方饮"。这时候黛玉内心其实有些酸楚，又没有办法去发泄，偏巧这个时候，雪雁来了，送了个手炉，说是"紫鹃姐姐怕姑娘冷，使我送来的"。这样林黛玉可找到发泄的契机了，笑道："也亏你倒听他的话。我平日和你说的，全当耳旁风；怎么他说了你就依，比圣旨还快些？"其实大家知道，这明面上是说给雪雁的，实际上是说给宝玉的。好在林黛玉毕竟是伶牙俐齿，还挺会描补的，她接着补充说："幸亏是在姨妈这里，倘或在别人家里，人家岂不恼？好说就看人家连个手炉也没有，巴巴的从家里送个来。"从这段话中，我们其实能够感受到，黛玉对宝玉是很在乎的，所谓"半含酸"，也体现了他们爱情的萌生。金玉良缘，木石前盟，在这一回里，通过这两个回目名，就都显露出来了。

这里其实预示了这样的一个问题，也就是宝钗和黛玉的情感归宿问题，需要我们联系起来考虑。小说第五回里，除了宝钗和黛玉两个人的判词之外，还有两支《红楼梦》曲子。如果从判词里看不出这两个人谁先谁后的话，我们不妨看一下《红楼梦》曲子，这显示出在十二钗正册当中，作者是有排位的。《枉凝眉》是十二支曲子的第二首，它前面这一首叫《终身误》，显然是写给薛宝钗的。所以在十二钗的正册当中，宝钗应该是排在第一位的。可是我们再仔细看一看这首《终身误》，感觉也比较复杂。因为这首《终身误》虽然写着金玉良缘，但是也有木石前盟的成分。

"都道是金玉良姻，俺只念木石前盟"，这个"俺"，显然点出了男主人公的叙事视角，也可以说是贾宝玉的叙事视角。"空对着，山中高士晶莹雪"，这里显然指的是宝钗。那么"终不忘，世外仙姝寂寞林"，这又是黛玉了。也就是说，他眼前对着宝钗，心中却想着黛玉。"叹人间，美中不足今方信"，他娶了宝钗美不美呢？也是美的，但是美中不足。"纵然是齐眉举案，到底意难平"，宝钗应是一个举案齐眉的贤妻，可宝玉的内心当中，还是意难平。我们如果站在林黛玉的视角，她在九泉之下，也许会有一点点欣慰，她的意中人娶了别人，但心中还想着她。而换作宝钗的视角的话，我们就会觉得，这个婚姻当中是缺少爱情的。所以《红楼梦》写爱情是超前的，它写出了这个没有爱情的婚姻，在当时也是比较前卫的。

接下来我们站在这个"俺"的视角，再看一看《枉凝眉》。一个是"阆苑仙葩"，一个是"美玉无瑕"，下面这两句我们看一下，能否站在男主人公的视角，看待这两个美女。"若说没奇缘，今生偏又遇着他"，这个可不可以理解成他与宝钗的没有爱情的婚姻，那么"若说有奇缘，如何心事终虚化"能否理解成，他与林黛玉的爱情有缘无分。所以我觉得，《枉凝眉》和《终身误》，如果连起来看的话，恐怕都可以理解成站在男主人公的叙事和抒情的视角上，而最后的结局就是宝钗的举案齐眉与黛玉的空劳牵挂。

这就是怀金悼玉的悲剧。怀金，是没有爱情的婚姻；悼玉，是没有婚姻的爱情。《红楼梦》主要写了这样三重悲剧：家族的、人生的和婚恋的。这个"微露意"和"半含酸"，其实就预示着婚恋悲剧的开端。

三、俏与娇——湘云之意态

第二十回的回目中有这样两个字，是写女子的意态的，那就是俏与娇，林黛玉"俏语谑娇音"。林黛玉在笑话谁？在笑话史湘云。其实这里重点是写史湘云的美。

《红楼梦》浓墨重彩地写了林黛玉的美、薛宝钗的美。写林黛玉的时候，作者非常有耐心，比如说林黛玉的眉眼，"两弯似蹙非蹙胃烟眉，一双似泣非泣含露目"，写出了她的眉、她的眼乃至眼神。

写薛宝钗的时候，则是"唇不点而红，眉不画而翠，脸若银盆，眼如水杏"，也把薛宝钗的眉、眼乃至脸庞，都写得很细致。

写史湘云的时候，我们并没有看到具体写湘云的眉、湘云的眼，可是我们依然能够感受到湘云是个美女。作者都写了什么？在史湘云来到贾府的时候（这里当然是一种补叙了，因为史湘云小时候是在贾府待过的），还是大观园没有派住的时候（其实即使派住了，史湘云也没有住处），她就是闲云野鹤。她初来的时候，就住在贾母身边。这个时候，其实林黛玉、贾宝玉都在贾母身边，所以贾宝玉就有机会去给史湘云盖被子，我们也借助宝玉的视角，得以看到史湘云的睡态："那史湘云却一把青丝拖于枕畔，被只齐胸，一弯雪白的膀子撂于被外，又带着两个金镯子。"这里我们看到的，就是一把青丝、一弯雪臂。她是在睡着的，虽看不清她的眼神，但依然能够感受到她的美。这个时候我们可以联想到温庭筠《菩萨蛮》词当中的一句，就是"鬓云欲度香腮雪"：

菩萨蛮

[唐]温庭筠

小山重叠金明灭，鬓云欲度香腮雪。

懒起画蛾眉，弄妆梳洗迟。

照花前后镜，花面交相映。

新帖绣罗襦，双双金鹧鸪。

作者写湘云的肌肤之白和发丝之青，写得很美。

还有一处，就是贾宝玉和史湘云烤鹿肉的时候，写出了两个人有共同的志趣。《红楼梦》展现的究竟是南方文化还是北方文化，我们认为应该是南北融合的。如果单纯是南方文化的话，就不会有这个吃烧烤的情节。写两个人烤鹿肉的时候，就写了史湘云是那样干净、清秀的脂粉香娃。

除了美好的外貌，其实作者还写出了史湘云的另外一个特点，而这个特点，未必就是优点了。我们回到第二十回的回目，就是林黛玉"俏语谑娇音"，她在笑话什么呢？笑话史湘云的发音不准，也就是她把"二"念成了"爱"。在这里，有这样一段话，林黛玉说："偏是咬舌子爱说话，连个'二'哥哥也叫不出来，只是'爱'哥哥'爱'哥哥的。

回来赶围棋儿，又该你闹'幺爱三四五'了。"就是说在下围棋的时候，她也会把"二"说成这个"爱"。这里林黛玉其实也是微微"半含酸"，因为"爱"和"二"实在是有些敏感了。可是在这里，脂砚斋曾经有这样一段批语，他是夸《红楼梦》的艺术手法，说"可笑近之野史中"，就是最近的一些小说，一旦写到美人的时候，都是满纸的闭月羞花、莺啼燕语，就是美女都长得很漂亮，闭月羞花之貌，"殊不知，真正美人方有一陋处"，就是真正的美人，应该有一处缺点。比如说，太真之肥，杨贵妃胖，飞燕之瘦，西子之病，"若施于别个则不美了"。所以他是在强调，真正的美人其实是有缺点的。

接着他又说，"咬舌"二字很是高明。敢用此二字，不独不见其陋，则更觉其娇媚，俨然一娇憨湘云立于纸上了。所以"俏语谑娇音"，非但不是史湘云的缺点，反倒突出了她的娇媚、可爱。《红楼梦》这个回目中，俏和娇，既写出林黛玉的伶牙俐齿，同时又写出史湘云的娇憨、可爱，这两个字用得极好。

四、攒与撮——凤姐之辛酸

《红楼梦》第四十三回的回目中也有两个动词，都是提手旁的，耐人寻味：一个是"闲取乐偶攒金庆寿"中的"攒"，一个是"不了情暂撮土为香"中的"撮"。我们先说这个"攒"字，它是个多音字，既可以读作cuán，也可以读作zǎn，它后面接了"金"字，既可以是cuán钱，也可以是zǎn钱，这里该怎么读呢？攒（cuán）有拼凑之意，东拼西凑，比如"攒一台电脑"；攒（zǎn）的意思是日积月累。这里写王熙凤过生日，应该读攒（cuán）金庆寿。

王熙凤本来是个女管家，《红楼梦》里写别人过生日的时候，比如宝钗过生日，那肯定是要动用贾府的公用资金的。可是在王熙凤过生日的时候，她作为一个女管家，肯定不会用公家的钱来办自己的寿宴。此时贾母就出面了，她说："咱们也学着那小户人家，凑份子，来给凤丫头过生日。"由此可见贾母很会做人，也很会做事。于是大家就凑份子来给王熙凤办一个生日。

《红楼梦》金陵十二钗正册里，除了林黛玉、薛宝钗、史湘云、妙玉这四个外姓的女子，还有贾府的五位小姐元、迎、探、惜加上贾巧姐，剩下的就是贾府的三位媳妇了。王熙凤是少奶奶，是贾琏的媳妇；李纨是贾珠的媳妇；还有一位秦可卿是长房长孙媳。这三位媳妇当中，王熙凤是当家的少奶奶，可以说，小说里给她很多的笔墨，描写了她的香艳，她打扮起来也是大红大绿的，恍若神仙妃子；也写了她的多情。其实她除了对女孩们很照顾，对宝玉也关爱有加；她对王夫人、邢夫人都很孝顺，尤其是对贾母；甚至于她对她的丈夫贾琏，也是很贤惠的。大家仔细看一看，在小说的第八回，曾经写过一个回目叫"送宫花贾琏戏熙凤"，这里写了王熙凤和贾琏之间也不乏琴瑟和谐的细节。当贾琏远行去帮助林黛玉料理丧事的时候，王熙凤对他特别牵挂，又问寒、又问暖。等到贾琏回来的时候，她也是笑语相迎。当时元春封为贵妃，老老少少都非常开心。王熙凤见到贾琏的时候就说了这样一段话："国舅老爷大喜！国舅老爷一路风尘辛苦。"在称自己丈夫的时候有这样一番语言，我们是可以感觉这其中有很多甜蜜和风情的。可以说，王熙凤对贾琏是含有真情的。

接下来我们看一下王熙凤对贾母的孝顺。小说特别设置了这样一个回目，叫"王熙凤孝戏彩斑衣"，说的就是王熙凤对贾母的孝顺。这里写到又是一个元宵节了，贾母过元宵节的时候，晚上恐怕要吃宵夜，王熙凤就给她准备了几样粥品。我们从粥的准备上，能够看到王熙凤的细心有加。比如说她给贾母准备了鸭肉粥，贾母嫌有点油腻；她还准备了用枣熬的粳米粥，贾母又嫌有点甜；最后贾母选择了杏仁茶。这几样粥品可以说都是很养生的，从中可以看出王熙凤对老人的体贴和周到。除了物质上的关心，王熙凤还有精神上的体贴。"戏彩斑衣"出自"二十四孝"当中的一个故事。说有个老莱子年龄已经很大，七十来岁了，但是还有双亲在堂。为了让他的老父母开心，他亲自穿上色彩斑斓的戏装，又拿起了儿童玩具，嬉戏着，让他的父母高兴。这个回目写的就是王熙凤善于从精神上让贾母开心，她基本上可以算是贾母的"开心果"了。在另一个中秋节的夜晚，王熙凤没在贾母身边，尤氏讲起了笑话，讲着讲着，就把贾母给讲睡了。从这个对比当中能看到，王熙凤有"斑衣娱亲"的才能，同时贾母的欣赏也非常重要。

我们再举个例子，小说多次写到王熙凤能说会道，善解人意，"事事洞明"。比如有一次诗社需要资金，李纨、探春等人需要王熙凤拨一笔活动经费，但又不敢直白地跟王熙凤要，就跟她说，我们诗社想聘你为"监社御史"。王熙凤特别聪明，她说："你们别哄我，我猜着了，那里是请我作监社御史！分明是叫我作个进钱的铜商。"又说："我又不会作什么湿的干的，要我吃东西去不成？"听了这样一席话，大家都笑起来了。李纨夸她"真真啊，你是个水晶心肝玻璃人"。除此之外，王熙凤也有她的辛酸。小说第六十五回写贾琏偷娶尤二姐，那时王熙凤心里当然非常不舒服了，"酸凤姐大闹宁国府"，写出她的酸。她当着贾琏的面，历数了他的很多罪证，说"国孝一层罪"，因为这个时候太妃薨了，百姓要停止娱乐活动，所以贾府的戏班子也解散了。"家孝一层罪"，贾敬死了，家里也在守孝。"背着父母私娶一层罪"，加之"停妻再娶一层罪"。这段描述十分精彩，嘉庆年间东观阁的批语大赞，说"大题目总束一段，可以为讼师矣"，意思是王熙凤其实可以当上律师了，她的口才是很好的。

回到王熙凤庆生的故事，其实她的丈夫、小叔子等，对她都不是很待见的。所以在她过生日这个很热闹的日子里，小说却写了一些不愉快的音符。先是"不了情暂撮土为香"（第四十三回），王熙凤过生日的时候，贾宝玉不在场，他去哪里了呢？他一身素服去井边祭奠金钏去了，后来才又换上吉服去应酬王熙凤的生日宴。贾琏又去做什么去了呢？后面"变生不测凤姐泼醋"（第四十四回），就是写贾琏趁着王熙凤在热热闹闹地参加自己的生日宴的时候，去偷着和仆人鲍二家的私通去了。

由此我们感受到王熙凤这位女强人，她有她的辣，其实她也有她的酸，大家评价她："说凤姐、恨凤姐，不见凤姐想凤姐。"小说将她的优点、缺点写得都很生动。同时，通过"攒金庆寿"和"撮土为香"这两个动词，我们也能看到凤姐值得同情的地方。

五、凹与凸——黛湘之诗才

我们再看一个回目。刚才讲的攒也好，撮也好，都是动词，这次我们关注两个形容词，也是《红楼梦》中的两个处所，即第七十六回写的凸碧堂和凹晶馆。一个中秋节的夜晚，林黛玉和史湘云找一个僻静的地方去联诗。史湘云来到这个地方之后就赞叹，说有两个字题得非常好："可知当日盖这园子时就有学问。这山之高处，就叫凸碧；山之低洼近水处，就叫作凹晶。这'凸''凹'二字，历来用的人最少。如今直用作轩馆之名，更觉新鲜，不落窠臼。可知这两处一上一下，一明一暗，一高一矮，一山一水，竟是特因玩月而设此处。"的确，我们如果是在近山近水的地方赏月，的确是很美的。

史湘云赞叹这个地方的时候，林黛玉是非常开心的。林黛玉把一个秘密告诉她，说："实和你说罢，这两个字还是我拟的呢。"早前大观园建成，贾政带着一群宾客，给新建的亭台楼阁题对额，贾宝玉也参与了题诗的过程，拟了很多对联、匾额，贾政还是很开心的。隔了五十多个回目，林黛玉在此道出了，原来这凹晶馆和凸碧堂之名是她拟的。当时舅舅也让她参与了，姐姐妹妹其实也有很多都参与了，并且林黛玉说："凡是我拟的，一字不改都用了。"从这里也可以看出，对于林黛玉的诗才、文采，贾政还是比较欣赏的。

接下来就是史湘云和林黛玉两个人联诗的一段故事了。在中秋联诗的时候，两个人对了很多诗句，史湘云渐渐似乎也有一点江郎才尽了。偏偏在这个时候，有一只大白鹤吓了她一跳，她深受启发，联出了一句"寒塘渡鹤影"。林黛玉非常真诚，她毫不掩饰自己的赞叹，又叫好又跺足，说"了不得，这鹤真的助她了"。接着又说："况且寒塘渡鹤何等自然，何等现成，何等有景且又新鲜，我竟要搁笔了。"连用三个"何等"，意思是我服了，我不想写了。但是林黛玉毕竟是林黛玉，她还是写了，对出一句"冷月葬花魂"。当然这里有版本问题，又有作"冷月葬诗魂"。湘云听了也是拍手称赞，"果然好极，非此不能对，好个葬花（诗）魂"。

到底是葬花魂还是葬诗魂？目前有不少版本遗文，比如庚辰本、杨藏本、蒙古王府本、戚序本、甲辰本，以及程甲本和程乙本，此处各不一样。其中明确写作"冷月葬花魂"的，有杨藏本、蒙古王府本和戚序本。而庚辰本，即目前人民文学出版社的版本上，此处写的是"冷月葬诗魂"，并附注释："原作'冷月葬死魂'，'死'点设为'诗'……'死'或以为系'花'形讹，或以为'诗'音讹。今从音讹说。"

我认为，除了音讹、形讹的关系链之外，联系林黛玉《葬花吟》"昨宵庭外悲歌发，知是花魂与鸟魂？花魂鸟魂总难留，鸟自无言花自羞"，可知"花魂"与"鸟魂"总是在一起的，而"寒塘渡鹤影"的鹤是鸟，它来对应"冷月葬花魂"，更合理一些。还有从对仗的角度来讲，天对地、雨对风，鹤与"花"，可能比与"诗"的对应更紧密一些。所以，我个人认为与"寒塘渡鹤影"相对的，应该是"冷月葬花魂"。

六、《红楼梦》语言艺术的动态美

人们常常说，说不完的《红楼梦》，从很多角度都能探讨《红楼梦》的艺术魅力。单从语言艺术的角度而言，我们可以借用《红楼梦》当中的一句话来描述。小说的第二十三回的回目写得很好，"西厢记妙词通戏语　牡丹亭艳曲警芳心"。"通"和"警"这两个动词用得也非常好。当林黛玉读《西厢记》，一口气读完了十六出的时候，她的切身感受是"词藻警人，馀香满口"，这句就可以点出《红楼梦》的语言魅力。

此外，《红楼梦》的语言艺术还具有一种动态美。上文讲到第八回"比通灵金莺微露意　探宝钗黛玉半含酸"，这个回目在不同版本里有多种异文。

又比如甲戌本上有这样一组，"薛宝钗小恙梨香院　贾宝玉大醉绛芸轩"，写宝钗病了，宝玉去看她，宝玉喝多了酒，回到绛芸轩里大醉，这是一组。另外一组，像列藏本、舒序本写的则是"薛宝钗小宴梨香院"，内容就有差异。另外关于"探宝钗黛玉半含酸"，甲辰本、程甲本、程乙本都写作"薛宝钗巧合认通灵　贾宝玉奇缘识金锁"，几乎没有林黛玉"半含酸"的任何信息了，似乎只是一个才子佳人的故事。如何理解这些版本异文呢？我认为，这里没有什么优劣的差别，只是作者或者是修订者在不同阶段语言艺术的体现。作者于悼红轩中披阅十载、增删五次，在不同的改稿阶段会有不同的文学思考；修订者在不同的传抄和刊刻阶段，也会有不同的文学思考。这些异文，正体现了《红楼梦》语言艺术的动态之美。

第十章　红学的贡献

陈维昭
复旦大学中文系教授

一、伟著《红楼梦》

《红楼梦》是18世纪中叶的一部伟大的中国小说,红学是指一切关于《红楼梦》的批评和研究。关于这部书的价值,鲁迅先生的一句话很有代表性:"自有《红楼梦》出来以后,传统的思想和写法都打破了。"《红楼梦》是如何打破传统的思想和写法的? 这是一个见仁见智的问题。这里我想从一个侧面来理解鲁迅的这句话。比如说到《红楼梦》的思想内容,我们会说这是一部中国文化的百科全书,这一方面是指它的内容包罗万象,不仅写了当时的社会,写了贾府、四大家族,还写了诗词歌赋、琴棋书画,以及中医、占卜、笑话、对联等,可以说是包罗万象。另一方面,《红楼梦》对中国传统文化精神有一种非常深入的领悟,也是在这个意义上,我们说《红楼梦》是中国文化的百科全书。这种思想上的包容性,是它以前的小说所做不到的。

在写法和艺术水平上,《红楼梦》代表了中国古代小说的最高成就，这在今天已经是一种共识了。比如《红楼梦》的结构跟一般小说的结构很不一样，它不是一个单一的、单层面的结构，而是一个多层的结构。

首先它有一个象征结构。小说第一回写大荒山的石头，后来到了人世间，他就是贾府里的贾宝玉，最后宝玉出家就又回到了大荒山。石头、宝玉、石头这样的一个结构，也就是空、色、空这样的一个结构。这种结构跟宗教、哲学、寓言这些层面是联系在一起的。

其次它有一个写实结构，这就是小说的主体部分。这个部分写了当时的社会、政治、经济、文化，写了伦理道德和人的情感。

《红楼梦》还有一个结构，就是它的图谱结构。小说第五回写到了贾宝玉游太虚幻境，警幻仙姑让他看金陵十二钗的判词，这些判词都预言了这批女孩子她们后面的命运。小说后面的故事情节，也在一步一步地印证这个预言，可以说是一个预言与应验、命运与抗争的结构。

多层结构融合在一起，构成了《红楼梦》这个博大精深的艺术整体，这是无法用三言两语说清楚的。

《红楼梦》还有一个很特殊的写法，就是实录笔法。实录就是如实地记录历史的真实事件和人物。从文学理论来讲，任何历史的真实事件，一旦进入文学作品之后，它就再也不是历史本身了。但是，如果从作家的创作意图来讲，我们可以感觉到《红楼梦》的作者是有非常强烈的实录倾向的。这并不是说他写出了一部历史书，而是说他的小说的艺术氛围构成了一种非常奇特的景观，带给读者一种非常奇特的阅读经验。关于这一点，《红楼梦》的权威评点者脂砚斋有过一些提示。甲戌本的第十六回写元春省亲，脂砚斋的批语是这样的，说"借省亲事写南巡，出脱心中多少忆惜（昔）感今"。这就是说在元春省亲这个小说故事里，其实隐藏了一个历史的真相，就是康熙南巡以及曹家接驾这样的重大事件。

乾嘉时期的裕瑞也有类似的观点，他说这部书是一部自传，但是里面的宝玉并不是作者本身，而是曹雪芹的叔叔，里面的原、应、叹、息四姐妹，应是曹雪芹的姑姑，而曹雪芹本人也不是一个局外人，他是他所写故事里面的当事人之一。虽然裕瑞跟曹雪芹的关系历来受到红学界的质疑，但是如果我们把他当作一个读者来看，可以看到《红楼梦》的实录笔法为裕瑞提供了一种独特的阅读经验，这是那些非实录作品所不可能提供的。

二、红学的两个世界

一方面，《红楼梦》代表了中国古代小说的最高成就，在思想和写法上打破了传统；但是另一方面，《红楼梦》本身的一些特点，也构成我们阅读的巨大障碍，妨碍我们更深地理解它的伟大性，这个障碍就是作者、版本和评点者的问题。

关于《红楼梦》的作者问题，小说的第一回有一个交代，说癞头和尚写了《石头记》，后来把这个书稿交给空空道人，让他抄了以后传出来，传了几个人之后，最后来到了曹雪芹的手里。曹雪芹在悼红轩里看了十年，改了五次，最后改出了《金陵十二钗》。那么这样看来，曹雪芹就不是这本书的作者，而是最后定稿的那个人。这是作品本身告诉我们的。

跟曹雪芹同时代的大文人袁枚知道曹寅，也听说过《红楼梦》，他说是曹寅的儿子曹雪芹写了《红楼梦》。但是后来胡适考证说，袁枚说错了，曹雪芹应该是曹寅的孙子，这样看来，袁枚对《红楼梦》的作者，知道得也不是很清楚。过了几十年之后，程伟元刊刻出版《红楼梦》，他在序文里也说，作者"相传不一"，没有一个统一的说法。这样看来，这本书一方面很伟大，它的写法很特别，把作家的身世和家世写到了作品里去；但是另一方面，我们不知道这个作者是谁。我们知道作者跟曹寅有关系，但是曹寅的族谱里并没有曹雪芹这个名字。这样的话，它会激发起一种求知的欲望，让我们想去了解这个作者究竟是谁，想去知道真相，去考证作者的问题。

本书在版本方面，也有巨大的障碍。我们知道目前通行的说法是《红楼梦》全本有一百二十回，其中前八十回是曹雪芹写的，后四十回是高鹗写的。这样说来，曹雪芹并没有写完本书，在这方面脂砚斋有一个提示。甲戌本第一回有一个眉批，说"壬午除夕，书未成，芹为泪尽而逝"，就是在壬午除夕的那天晚上，这个书没有完成，曹雪芹就去世了。"书未成"可以有两种理解，一种是创作没有完成，一种是修改没有完成。那么究竟是哪一种呢？我们来看畸笏叟的批语，他是这部书的抄本的后期评点者。他说，在八十回后的原稿里，写了一个重大事件，就是狱神庙的故事。在这个故事里，前八十回中的一个小人物茜雪，在后面有正面的表现。畸笏叟说，他曾经看过关于狱神庙故事的第五稿、第六稿，但被借阅的人弄丢了。也就是说，八十回后的故事其实差不多也是写完的，不仅如此，而且还被改了五六稿。这样的话，版本问题又一次地出现了，就是一方面我们知道曹雪芹写到八十回；另一方面，脂砚斋、畸笏叟告诉我们，后面的原稿其实也是写完的。八十回后到底是什么样子？八十回后的真故事是什么？这都会激发我们去考证它的版本。

还有一个问题，就是这部书的抄本有两个神秘的评点者：一个是脂砚斋，一个是畸笏叟。这两个人的评点内容分为两方面，一个是对《红楼梦》的艺术特点、篇章结构、整体构思做了很好的评点；另一方面，他们对曹家的家世也十分熟悉，不断提示小说里面哪一段、哪一个人物的历史原型是什么。他们的评点非常重要，甚至在一定程度上，他们也是这本书的作者。小说第十三回写到秦可卿的死，现在我们看到的《红楼梦》，这一段写秦可卿是病死的。但是脂砚斋提示了，在原稿里面，秦可卿是"淫丧天香楼"，就是说她是因为感情问题，最后自杀了。脂砚斋认为，秦可卿这个原型应是作者的长辈，所以不应该把她的丑事给揭露出来，便命曹雪芹把这一段给改掉了。我们现在读到的《红楼梦》，就是改过的。

这样看来，《红楼梦》在作者、版本和评点者等方面，都存在很多未知数。红学有两个世界，一个是待考的世界，等待我们去考证；另一个是待释的世界，需要文本的解释。

三、红学的三个时间维度

每一部文学作品都会面临待考和待释的问题。但是《红楼梦》，由于它的经典性、代表性，它在艺术上所达到的高度及其在作者、版本等方面的研究难度，所以催生出一种独特的学问，这就是红学。

我们可以从三个时间维度，来评估260多年来红学的贡献。

第一个时间维度是小说故事所反映的历史时间。《红楼梦》反映的是康熙、雍正时代，这就是第一个时间维度。第二个时间维度就是作者在创作《红楼梦》的时间，这个是曹雪芹的时间。一般的红学史研究都是在这两个时间维度里评判批评者、研究者的贡献，以此判定他们是不是有贡献，以及贡献的大小。

我认为还可以有第三个时间维度，这就是每一位批评者、研究者所处的历史时间的节点。这个节点跟每一个批评者所处时代的各种价值观念、文化观念，以及文化思潮、政治思潮、审美思潮，都是联系在一起的，每个批评者的批评、评价、欣赏，都是基于特定价值观的。

我们先从第一个和第二个时间维度来看红学贡献。

曹雪芹身边有两个读者圈，一个是永忠、明义这批人，还有就是脂砚斋、畸笏叟。这两个读者圈很奇怪，他们同时在世，但是互相不知道对方的存在。永忠、明义他们读的是《红楼梦》，脂砚斋、畸笏叟他们读的是《石头记》；永忠、明义他们读完以后写了诗歌，对《红楼梦》中的爱情故事印象很深；而脂砚斋、畸笏叟则对《红楼梦》中的家族问题非常在意。这两个圈子各有各的贡献，比如脂砚斋首先提示了曹雪芹的生平和家世，这些文字成为后来曹学的基本材料，这当然是一种贡献。在版本方面，脂砚斋、畸笏叟的批语提示了曹雪芹写作的一些状况，也提示了八十回以后的一些原稿面貌和线索，这些对于后来的《红楼梦》版本研究也是重要的贡献。

在艺术评价这一方面，因为这两个人对整本书的艺术构思非常熟悉，再加上他们（特别是脂砚斋）有很好的艺术修养，所以他们在艺术上的评点非常到位，非常精辟，这个也是后来的艺术研究的一个财富。

我们再来看新红学的贡献。新红学是胡适开创的一个红学流派，这个流派的特点就是用实证的方法，本着实事求是的精神去考证《红楼梦》的作者和版本问题。这一方面的代表人物除了胡适，还有俞平伯、顾颉刚、周汝昌诸先生，他们当时收集了一大批重要文献，这些文献现在是每一位红学研究者最早接触的、最基本的文献资料。

当时胡适在做出他的第一个考证之后，提出了几个结论，第一个就是这本书的作者是曹雪芹，曹雪芹是曹寅的孙子，曹寅死于康熙五十一年，曹雪芹大概就生于这个时候，或者稍晚。他又说曹家曾经气势非常大，办过四次接驾，但是后来曹家被抄家了。《红楼梦》就是曹雪芹在曹家被抄家之后写的，没有写完就去世了。最后一个结论就是《红楼梦》是一部把真事隐藏起来的自叙传。

在后来的红学史上，这几个结论有一些被修正了，有一些被否定了，但是无论怎么样，新红学派所做出的贡献是巨大的，它为我们整个《红楼梦》考证的金字塔奠定了基础。

在文本解释这方面，红学也做出了很多贡献，每一位读者都是根据自己的价值判断去揭示《红楼梦》了不起的地方，人们从不同角度，分别揭示《红楼梦》的底蕴，在一代又一代人的努力研究之下，《红楼梦》所蕴含的丰富和深邃的意蕴被揭示出来了。这个也是一种巨大的贡献。

这里我要提一下李希凡先生的红学。1954年，李希凡跟蓝翎一起针对俞平伯的一些观点提出了自己的研究成果。《红楼梦》非常深刻地揭示了清代社会的政治、经济、文化状况，尤其是对康熙、雍正时期的各种阶级斗争，各个阶级之间的尖锐利益冲突，书中都有非常深刻的、冷峻的、真实的描写。李希凡的红学揭示了《红楼梦》的艺术成就，贡献巨大。

我们再来看新时期红学的贡献。新时期红学的特点首先是多元化，随着西方思潮的引入，各种各样的西方观念和方法都曾在红学研究里留下身影，现代主义、后现代主义、结构主义、叙事学、接受美学、女性主义等都曾被用来"解剖"《红楼梦》。这种"解剖"，是不是合适，合适到什么程度，这是另外一个问题；但值得肯定的是，正是这样一种新的阐释，让我们看到了《红楼梦》对我们当代生活的非常强大的切入能力，它不仅可以切入我们的当代生活，还可以跟当代的西方思想观念和方法对话。这种阐释也让我们看到了《红楼梦》的经典性，当然这也是一种贡献。

到了20世纪90年代，红学来到了一个"电视开讲"的时代，来到了一个网络红学的时代。在这个时代里，在某种意义上说，红学已成为一种大众狂欢的平台和广场。每个人都可以在红学上发出自己的声音，都可以用《红楼梦》来讲出心里面想说的话，这是这个时代的红学的另外一个特点。

四、红学的另一种贡献

1. 对宝钗、袭人的看法

我们可以进一步从第三个时间维度来看《红楼梦》的贡献。从每一位批评者、研究者所处的时代和思潮出发，可以看到一些从前两个时间维度去看所看不到的内容，可以更合理地解释一些问题。

比如对薛宝钗、花袭人的看法，清代的评论家跟20世纪的评论家，其实有很不一样的态度。清代的陈其泰说过这样的话："宝钗艳羡黄袍，真是俗骨。"贾元春省亲的时候穿着黄袍，那是皇权的象征。

薛宝钗一眼看过去的时候，她看到的不是姊妹，而是黄袍，说明她满脑子都是功名富贵，所以她很俗气。花袭人跟她是一丘之貉，一样很俗气。这是一种否定态度。

20世纪50—70年代的阶级斗争论以李希凡先生为代表，他们也在否定宝钗和袭人，认为她们是封建主义的卫道者。但是到了90年代之后，出现了另外一种红学，叫职场红学。这些批评者身处职场之中，有一些与上司和同事的关系问题需要处理。由这样一批人来谈《红楼梦》，他们对宝钗和袭人就会有更多的理解和同情，可谓同病相怜，这个时候我们在他们身上就很少看到对薛宝钗和花袭人的批判。

这三种观点，究竟哪一种为红学做出了贡献，哪一种是合理的？我认为简单评价观点的优劣，这个意义不大。而如果我们从第三个时间维度出发，考察每一位批评者的主场，这个问题就很清楚了。

比如陈其泰是用孔子的伦理道德观念来看薛宝钗的。孔子说："乡原，德之贼也。"这就是说，结党营私的人是道德的败坏者，从这个角度出发，陈其泰对薛宝钗和花袭人是持否定态度的。

李希凡他们则是站在阶级斗争的立场，认为薛宝钗、花袭人她们总是劝贾宝玉读书做官，做官就是做封建主义的官，所以她们是封建主义的卫道者，是被否定的。而对90年代职场红学的批评者而言，他们跟宝钗和袭人有更多的关联、更多的相似性，所以在评价这两个人物的时候有更多的同情，甚至会在行动上去效仿她们。

2."新红学"的本质

"新红学"的本质是什么？它对红学发展来说，是做出了贡献，还是不全是贡献？我们先来提一个问题，除了胡适、顾颉刚、俞平伯、周汝昌这些大家之外，还有谁可以归入新红学派？一般认为新红学等于考证红学，那么除了这几位先生之外，吴世昌、吴恩裕、冯其庸等考证专家，他们算不算新红学派？这个问题没有人回答过，恐怕也回答不了，因为我们对新红学的本质没有去反思。

新红学其实是由两部分构成的，一个是实证，一个是实录。实证就是对曹雪芹以及他的家世进行考证，对版本进行考证，对佚稿、对脂砚斋进行考证，在这一方面新红学做出了巨大贡献。

但是新红学还有另外一面，就是它的实录观念，认为《红楼梦》是一部实录，这个实录一开始是用"自叙传"提出来的，但是这个"自叙传"不是文学意义上的自传，不是说素材来自生活，而是说写出来的这个作品本身就是历史文献。举一个极端的例子，小说里写到贾宝玉有一个姐姐被选为皇妃，新红学派就认为曹雪芹也应该有一个皇妃姐姐，这是反过来用小说来证明曹家历史。这种做法当然是不合适的。新红学派有这样一个观点，但他们在清代的历史文献里面，怎么也找不出一个姓曹的妃子。这种实录观念，我们从新红学派所处的那个时间维度、从那个时代的学术理念思潮中可以找到依据。虽然被称作"新"，但是在他们身上，在胡适、顾颉刚这些学者身上，还是保留了传统史学里的实录观念。当我们从第三个时间维度看它的时候，我们可以做这样的一个评估，就是在实证方面，他们做出了巨大的贡献；而他们的实录观念，其实就是一种索隐，跟他们一开始所反对的旧索隐是一样的，只不过他们是往曹家这个方向去索隐，这种索隐直到今天还是非常地盛行。

3. 余英时的红学革命

余英时的红学革命是由他的两篇文章来表达的,他把《红楼梦》分为两个世界,一个是贾府,一个是大观园。这一点我们在读《红楼梦》的时候,其实也能够感觉到,在读贾府故事的时候,跟读到大观园的时候,感觉是很不一样的。但是余英时把贾府概括为现实世界,把大观园概括为一个理想的世界,这个就不符合小说的实际了。小说里写的大观园其实是非常现实的,我们在里面看到了非常尖锐的阶级斗争,连大丫鬟跟小丫鬟之间都有尖锐的利益纷争,里面有阴谋、有暗算,有爱、有恨,有自杀,这能算是理想世界吗?

所以如果我们从前两个时间维度来看余英时的红学的话,会觉得它好像没有什么贡献,因为它不符合小说的实际。但是,如果我们从第三个时间维度来看余英时的红学的话,我们就会发现,其实他要说的,并不是大观园是不是理想的;他要强调的问题是,《红楼梦》研究应该转移方向。为什么要转移方向? 因为他对之前的阶级斗争论很不满意,提出红学应该转一个方向,转到对曹雪芹的创作主体的研究上,也就是从反映论的文艺观,转到表现论的文艺观。

这种倡议是合理的,它反映了20世纪80年代中国大陆的主体性哲学思潮的发展,引起了巨大的深远影响,一直到当代。

4. 刘心武的红学

刘心武的红学跟余英时的红学很不一样,首先刘心武所处的这个时间节点跟余英时不一样。刘心武身处20世纪90年代市场经济开始全面放开的时代,一个出版社追求销量、电视台追求收视率、网络平台追求点击率的时代。对这样一个时代来讲,最重要的是怎么去准确捕捉可以刺激大众消费的那个机制，刘心武的红学就产生在这样的一个时代。

刘心武的红学可以分为两部分内容，一个是秦学，就是关于秦可卿的研究；另一个就是关于八十回后佚稿和原稿的研究。这两个领域都是红学一直以来的常规研究领域，很多学者已经做出了很多研究了。但是刘心武其实并不是要做学术研究，他是要讲故事。他讲了一些什么故事呢？我们在他的秦学里面，看到的是贾珍和秦可卿之间的乱伦，看到了虐恋，看到了窥隐，看到了自杀；他的八十回后真故事表面上讲的是版本，但是无论是哪个版本的故事，背后都有一个刺激的机制，这就是悬疑、探秘。

乱伦、虐恋、悬疑、探秘，这些都是大众文化里最强大、最有效的刺激机制。虐恋这个词在我们今天已经可以成为一种广告词，比如说"我这个作品是讲虐恋的，大家快来看"；悬疑更是新世纪以来电视剧高收视率的法宝。但是在20世纪90年代，刘心武就捕捉到了这样一种机制，可以说是得风气之先。如果从这个角度讲，他是非常准确、非常成功、非常敏锐地捕捉到了大众消费的机制。很多学者、红学专家以及严肃的研究者都纷纷站出来批评刘心武的红学，说他不符合规范，或者说他的观点缺乏学术价值，但是不管他们怎么反对，都不能阻止刘心武的红学大受欢迎。

为什么呢？因为他们不可能消除刘心武红学背后的那个消费的机制，只要这个机制存在，那么刘心武的红学会一如既往地风行。如果我们跟一般的严肃学者一样，从前两个时间维度来考察刘心武的红学的话，会觉得他没什么贡献；但是如果我们从第三个时间维度考察，就可以看到他背后跟大众消费文化的这种关联，就可以看到他的贡献了。他让我们看到在大众消费时代，经典也可以作为一种消费的商品；经典是保证点击率、成交量的一个保险系数。这个是刘心武的红学带给我们的一种认识。

纵观260多年的红学史，我提出用三个时间维度去考察和衡量，这样的话，一方面我们看到了一代代学者做出的贡献；另一方面，我们又看到了各种学术思潮、政治思潮的发展。

所以红学其实也是一面聚光镜，往里面看，可以看到红学的贡献；往外面看，可以看到整个时代的思潮演变，各种价值观念的演变，特别是各种时代命题，每个时代的人都会把自己时代的命题放到红学里来讲；从这个角度说，红学让我们看到了那些时代，这正是我们从第三个时间维度去看到的红学的另外一种贡献。

第十一章　走向世界的《红楼梦》

胡文彬
红学家

　　《红楼梦》是一部中华民族文化史，也是中国小说史上第一部经典之作，这是从它诞生到现在大家的共识。《红楼梦》首先是以抄本流行于世，到了1791年，也就是乾隆五十六年开始，程伟元、高鹗刻了第一部《红楼梦》刻本，并于1792年再一次修订重印。所以，《红楼梦》真正从草本转为刻本，并且流向社会、流传到国外，是从这个时间点开始的。根据现有材料记录，《红楼梦》流传到日本的时间是1793年。据记载，它是从浙江的平湖乍浦港出发，来到了日本的长崎。在这个时间段流传的《红楼梦》只能是程甲本，或者是程乙本。这应该是《红楼梦》走向世界的第一个站点。

　　《红楼梦》刻本流向国外的第二个站点是朝鲜，时间稍晚一点，应该是在1800年左右。除了这两个有清楚时间记录的地点外，《红楼梦》还在1830年以后传到了俄罗斯，以及蒙古。《红楼梦》在清末传到东南亚国家和英美国家。到了19世纪20年代至20世纪40年代，在世界范围内流通的《红楼梦》多为翻译本，或者更确切地说是摘译本。

从《红楼梦》的译本看，韩国乐善斋本应该算是最早的，时间大致在1800年前后。

综上所述，东亚在《红楼梦》的世界传播中起到了重要作用，既是最早的流传地点，也提供了最早的译本。今天我们看到的世界许多国家的译本，特别是英国、法国、德国的译本，大多诞生于20世纪50—80年代。而真正的全译本，比如德文全译本，是在20世纪80年代出现的。英文本开始是由英国的霍克斯翻译了前四十回，后面部分的翻译比较晚，是由霍克斯的女婿闵福德在澳大利亚完成的，那时已是20世纪80年代了。从时间来看，法文本更晚一些，它是由李治华先生于20世纪八九十年代翻译的。总体来说，全译本出现时间要晚得多，数量也不是特别多。我们现在能够读到的全译本，在欧洲就比较多一些，有西班牙文本、德文本、法文本、英文本，还有罗马尼亚文本、匈牙利文本、保加利亚文本。我们新近看到的文本，来自北欧国家的比较多。在东亚地区，韩国翻译的是最多的，但是真正的全译本也只有几种，大部分都是摘译本。在南亚，我们现在看到的本子有缅甸文本、泰文本、越南文本，还有马来西亚文本。其中马来西亚文本翻译比较晚，但是比较齐全。

在《红楼梦》传播的过程当中，我们过去看到更多的是传播译本，但是在我的考察过程当中，我认为《红楼梦》传播当中还有另外一些力量，可能是过去我们研究中忽略的。第一就是外交官对于《红楼梦》传播的贡献。比如《红楼梦》传到日本的时候，驻日公使何如璋先生还有黄遵宪先生，经常和日本文化界、学术界的研究者谈论《红楼梦》。在这个过程当中，通过人与人的讨论来传播《红楼梦》，这是一种传播形式。另外，中国在海外的留学生、学者也对《红楼梦》在世界的传播推广做出了贡献。他们撰文介绍《红楼梦》，还翻译了小说片段。目前已有资料显示，在美国修铁路的华工，还把《红楼梦》带到了美国。他们都为推广中国文化经典做出了贡献，值得尊敬。

在《红楼梦》的翻译和传播过程中，由于汉字及语言的特殊性，出现了许多翻译难题。对译者来说，用另一种语言精准地译出《红楼梦》的内容和神韵，绝非易事。可以说，这个难题在当代依然存在。如何将《红楼梦》中的丰富内容传播到不同语言的国家，让使用不同语言的人群也能感受到中国文学的魅力，这也是当代《红楼梦》研究者的任务。我们应该特别重视培养翻译人才。目前，我们对各国译本的介绍和研究还不够深入，需进一步引起关注。作为《红楼梦》研究者，我们需要提高外语水平，真正将《红楼梦》推向世界。

应该说，许多国外的红学爱好者和红学研究专家对中国的红学研究是抱有一种深刻的期待的，他们希望能够看到新时代红学研究的突破性发展。目前，虽然我国的红学研究已取得了一定成果，但是其中也存在鱼龙混杂、不伦不类的乱象，应当引起重视。《红楼梦》之于中国，就像莎士比亚作品之于英国，《源氏物语》之于日本，这样深刻厚重的作品需要研究者严肃慎重的对待，需要更多坚实的研究，更多学问的汲取，进行广泛的跨学科研究和比较研究。我殷切地希望，海内外红学研究界可以一起努力，真正建立起世界的红学，让这一伟大的中国文化遗产在全人类的文化遗产中再生。

图书在版编目（CIP）数据

《红楼梦》的意蕴 / 叶朗，顾春芳主编 . —南京：译林出版社，
2023.5
（大家美育课）
ISBN 978-7-5447-9503-6

Ⅰ.①红… Ⅱ.①叶… ②顾… Ⅲ.①《红楼梦》研究
Ⅳ.①I207.411

中国版本图书馆 CIP 数据核字（2022）第 216025 号

《红楼梦》的意蕴　　叶 朗　顾春芳 / 主编

策　　划　北京大学美学与美育研究中心　北京大学艺术学院
责任编辑　陆晨希
装帧设计　韦 枫
校　　对　戴小娥　孙玉兰
责任印制　单 莉

出版发行　译林出版社
地　　址　南京市湖南路 1 号 A 楼
邮　　箱　yilin@yilin.com
网　　址　www.yilin.com
市场热线　025-86633278
排　　版　南京展望文化发展有限公司
印　　刷　江苏凤凰新华印务集团有限公司
开　　本　880 毫米 ×1230 毫米 1/32
印　　张　6
插　　页　10
版　　次　2023 年 5 月第 1 版
印　　次　2023 年 5 月第 1 次印刷
书　　号　ISBN 978-7-5447-9503-6
定　　价　59.00 元